UFO特命係長が明かす T社・H社の 空飛ぶクルマ開発秘話

保江邦夫
T社UFO特命係長
H社UFO特命係長

明窓出版

まえがき

保江邦夫

このたび、自動車メーカーT社の元UFO特命係長さんとH社の元UFO特命係長さんにお越しいただき、UFO研究にまつわる真実を語っていただくことになりました。

そもそも、なぜこのような機会を作っていただいたかというと、地位・性別・年齢に関係なく、世間一般の人々にもUFOや宇宙人に興味を抱いていただきたい一心からです。

いまの日本社会では、UFOや宇宙人といったキーワードに飛びつく人は、不思議ちゃんやオタクである、と思われがちです。要するに、変人・奇人の類いですね。

昔から、UFO・宇宙人の領域は、社会からはみ出しやすい人たちの逃げ場の一つであったような気もします。

僕自身も、子どもの頃からUFOをたびたび目撃し、いつしかUFOと宇宙人の研究をしたいと思うようになりました。

そうした研究ができると思って、苦労して大学の天文学学科へ進んだ途端、

「バッカモン。大学でUFOとか宇宙人の研究ができるわけがないだろ!」と教授に叱られ

たのです。この一件以来、僕は変人のレッテルを貼られてしまいました。

ＵＦＯと宇宙人に興味を持つこと自体が、今日の日本社会においてはおかしなことのように思われています。この考えは、いまでも変わっていないでしょう。ＴＶディレクターの矢追純一さんが、数々のＵＦＯ番組をどれだけたくさん手がけてきても、偏見を持たれる状況は依然として続いています。

僕の友人や知り合いの物理学者の中にも、ＵＦＯや宇宙人が大好きな人は意外に多いのです。でも、こうした方々は表立ってそうしたテーマに言及することは決してありません。物陰に隠れるようにして、興味の対象を密かに追うだけです……。

やはり、この社会がＵＦＯや宇宙人を堂々と語れる環境にないからだと思います。本書を読んでくださっている皆さんもきっと、同じ考えではないでしょうか。

市井《しせい》の人々にＵＦＯ・宇宙人に関心を抱いてもらうにはどうすればいいのか、僕はずっと考えてきました。

僕がいくら力説したところで、

「あいつは変わっているから」「変な物理学者だから」と色眼鏡で見られるのが関の山です。

そういった風潮の中で一番効果が上がるのは、現代人の誰もが認める企業・団体において一定の地位にある人が、堂々と「ＵＦＯ・宇宙人の研究をしてきました」と発言することではないか、と思うに至りました。

「あの有名企業では、ＵＦＯを研究していたのか……」と、新事実を知ることによって一般市民のＵＦＯ・宇宙人に対する見方・考え方が変わると思うのです。

そういう意味で、Ｔ社、Ｈ社ほど、それにふさわしい企業はありません。

この二社の超有名企業がＵＦＯに関わる研究を継続してきたことが世間に知られれば、その影響力は計り知れないと思います。

このたび、ついにＴ社のＵＦＯ特命係長さんと、そのライバル会社でもあるＨ社のＵＦＯ特命係長さんをお招きして、夢の鼎談《ていだん》が実現したのです。

お二方には、ＵＦＯと宇宙人についてのお考えを思う存分、語っていただきました。

この鼎談において、僕が事前に注文させていただいたことが一つだけありました。それは、「両社の企業風土をそれぞれ説明してほしい」という一点です。

二人の特命係長さんは、僕のわがままを喜んで受け入れてくださいました。ご自身が在籍した当時の会社の雰囲気、企業文化、社長の長所と短所といったことを、包み隠さず語ってくださったのです。

その結果、世界に誇る日本のトップ企業2社の違いが浮き彫りにされるという、裏テーマが確立したと思います。

読者の皆さんは、「西の横綱」T社と「東の横綱」H社の、UFO・宇宙人研究に対する取り組み方の違いを知ることができるはずです。

T社、H社がどの会社であるか、皆さんにもすぐにおわかりになることと思いますが、大人の事情などがあり、イニシャルトークとして展開していくことをご容赦いただきたいと思います。

では、どうぞ楽しんでお読みください。

UFO特命係長が明かす　T社・H社の空飛ぶクルマ開発秘話　目次

パート2　地球人と宇宙人のレベルの違いとは?

パート3　宇宙人のテクノロジーを未来の車に生かす

パート1　動き出した空飛ぶクルマプロジェクト

「UFOみたいな乗り物があればいいな」――T社の場合

保江　本日は、よろしくお願いいたします。

日本の自動車メーカーではトップを争う二社でどんなことが起こっていたのか、読者さんも興味津々、ワクワクが止まらないことでしょう。

ではまず、T社さんから、UFO・宇宙人にどのように関わってきたのかのお話をお願いしたいと思います。

T社　実は、私も保江先生と同じく、中学、高校時代からずっとUFOや宇宙人に興味を持ち続けてきたのです。でも、そんなことを周りに話すと、「お前はバカか」といわれる始末でした。

保江　ご出身はどちらですか?

T社　大阪です。子どもの頃から、教科書には出ていないようなことばかり話していました。教科書の内容というのは、その時代に実現している技術が中心でしたから。

「UFOみたいな乗り物があればいいな」と最初に思ったのが、すべてのスタートですね。

UFOと宇宙コズモ創刊号
久保田八郎 1973年

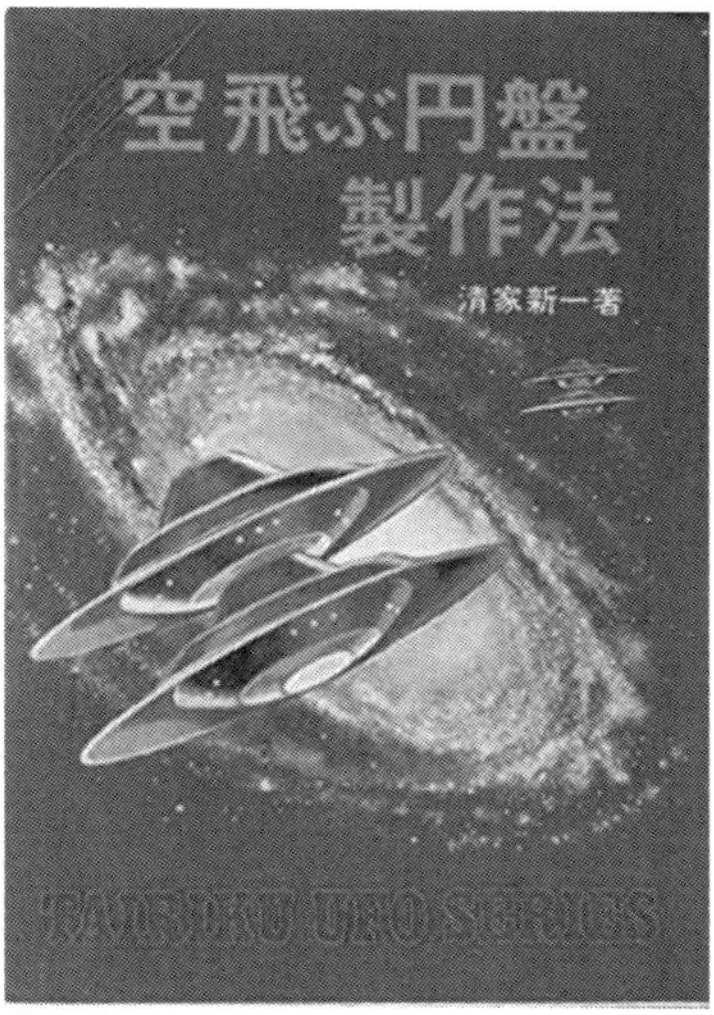

空飛ぶ円盤製作法　清家新一 1975年

宇宙人については、「いる」「いない」が論点ではなく、「いるに決まっている」という前提がベースにありました。ですから、周囲との感覚のズレにずっと違和感を抱いてきたのです。

そんなときに、ＵＦＯ研究の草分け的な存在である清家《せいけ》新一先生の著作や、『ＵＦＯと宇宙』（コズモ出版社）という雑誌に出会いました。

「将来はそっちの方向に進みたいな」と思ったのが、高校生ぐらいの頃です。

ただ、大学に進学するときには、どうすればＵＦＯや宇宙人について研究できるのか、さっぱりわかりませんでした。清家さんの本を読んでも電気関係の内容ばかり。それで、電気の勉強をしよう、とパッと閃《ひらめ》いたのです。

当時、私が住んでいた大阪には、家電系の企業がたくさんありました。でも、家電系には興味がありませんでした。それで、第2の夢だった海洋開発のための潜水艇開発を目指し、船舶工学科に進んだのです。

保江　なるほど、工学部の船舶工学科ですか。

T社　ところが、卒業の時期がちょうど就職氷河期にぶつかってしまったのです。それなら、いっそのこともう一回、空飛ぶ円盤の研究を目指そうと。

それまでは、趣味として情報収集を続けていた程度ですが、やはり本格的な研究を目指すならモビリティ（＊人やものを空間的に移動させる能力、あるいは機構）だと思いました。先ほど申し上げたように、「UFOみたいな乗り物があればいいなあ」から始まりましたから。

「UFOが好きだ」といつも大学の関係者にも話していたので、もちろん就職相談の先生にも同じことを伝えました。

モビリティといえば、その頃は、「技術のN社」の時代でした。

保江　あの時代はそうでしたね。

T社　それで、N社に行こうと思ったのです。

保江　N社はロケットも作っていましたしね。

T社　それもありました。ところが先生に話すと、

「うーん、そうか。でもお前がやりたいことは、何といっても膨大な金を必要とするから、儲けるのがうまい会社に行ったほうがいいぞ」とアドバイスされました。

まだインターネットもない時代でしたから、先生の話を素直に聞くことができたので、「どの会社を目指せばいいでしょうか？」と尋ねると、即座に、

「T社だ」と答えが返ってきたのです。そこで、

「わかりました」とT社を選んだわけです。

もともとはT社がUFO研究に興味を持ったのではなく、入社から10年以上経ってから、私が提案して、ボトムアップでいくつかの研究企画を認めてもらったという経緯がありました。

その経緯を、もう少し詳しくお話ししましょう。

まず技術部に入って、ＵＦＯ関連のことをやろうと思いました。でも、その部署は四六時中忙しく、結局は何もできませんでした。

ところが、たまたま「将来のＴ社を考えよう」というイベントがあったので、とりあえず「空飛ぶクルマをやりたいです」と、ペーパーで希望を提出したのです。「空飛ぶ円盤」などと書けば、頭がおかしいと思われるのは必至ですから。

すると、事務局の担当者が「これは面白そうだ」と採用してくれたのです。さらに、「向こう1年分ぐらいの研究コンセプトをまとめて、副社長にプレゼンをしてみては？」とアドバイスしてくれました。

ところが、技術部は「全然ダメ」と相手にしてくれません。研究部にも打診したものの、「お前がやるべきことはな……」と説教される有り様でした。

ちょうどその頃、社内に「航空事業企画室」が立ち上がりました。そこは、事務系の部署なので、「もしかしたら話を聞いてくれるかも……」というよりは、いささか語弊はありますが「うまく丸め込めるかも……」と感じたのです。

そこで、航空事業企画室への異動希望を出したら、すんなりと認めてもらえました。たまたまそのときの所属長と航空事業企画室の所属長が、昔、技術部で同僚だったという関係からうまくいったのです。

当時の航空事業企画室というのは、ピストン機の企画を立てていました。ピストン機とは、ピストンエンジンを積んだ飛行機で、セスナなどがそれです。

その頃、アメリカでは古いピストン機が多く、「俺たちは、アメリカで新しいピストン機を作るぞ」みたいな勢いがあったのです。

その一員として、私は米国駐在員になる予定でした。

ただ、ＵＦＯへの思いは募るばかりだったので、どうやって目標を切り替えようかなと考えて、少しずつ周りの人たちに話し始めたのです。

すると、初めて航空事業企画の上司が、

「面白いね。そんなものがあるんだったら持ってきてよ」といってくれました。

ただ、「持ってきてよ」というリアクションは予想外でしたね。

保江　やっと空飛ぶ円盤を研究できるという。

T社　そうです。まだ実際の技術はないので、「スミマセンが、実現している技術はないので、調査させてもらっていいですか」と伝えると、「ＯＫ！　それなら調査に行ってきて」と。

これが、プロジェクトのスタートです。そして、いくつか調査をやって、その後に保江先生に巡り会って調査チームを発足した、というのがそれまでの経緯です。

保江　Ｔ社の中に、種を植え付けたわけですね。

T社　まずは当時、私が必要性を痛感して、上司とよく話したのは、「第二技術部を作ろう」という一点でした。

航空事業企画室は、所属は事業開発部門だったので、車屋ではない技術部が必要と考えました。

当時の経営陣は、「自動車に安泰してはいられない」と考えていて、「新しい技術・新しい事業のネタを見つけたい」という意識が芽生えていました。

例えば、「バイオとかエネルギーなどを、とにかくやってみたらどうか」というような切羽詰まった状況の中で、航空事業企画室にもスタッフが集められていました。

ですから新事業については、ネガティブに受け止められることもなく、割と前向きに受け入れてもらったのが実際のところで、航空事業は、T社の中でも特殊なエリアでした。

保江　なるほど。巷《ちまた》では、T社が車を作るのは、いまのガソリン車とハイブリッド車までで、電気自動車の時代になったらもう自動車からは手を引くと噂されていますね。

電気自動車系は系列子会社に全部渡して、T社自身は自動車ではなく、まったく別の事業展開になるという噂も聞いていましたけれども、その時代からすでにいろんな事業形態を考えていたわけですね。

T社　適切な回答になっているかわかりませんが、T社は株式会社ですが、創業者系の会社です。一代一事業という考え方があり、創業家の皆さんは、そんなことを口にしながら事業をされていました。

例えば、織機に始まり次に自動車を手がけ、それから住宅と、そういう形で新しい事業を興すということです。

ですから、彼らは車を作ろうと自動車事業を立ち上げたわけではなく、「日本を元気にする」という大目標に、そのとき一番ふさわしいものを取り上げてきたのです。

保江　そうだったのですか……。

T社　実際にはわかりませんが、おそらく、ホールディングカンパニーとしてのT社は今後、自動車にこだわることなく新しい分野からプロジェクトを選び、「今度はこっちをやってみよう」となるんだろうなと思っています。

保江　なるほどね。将来、乗り物としてのＵＦＯが本当に実現するといいですね。

T社　本当にそうなんです。

「空飛ぶクルマ」は、私から見ればただの新しい航空機という認識ですが、実は航空事業企画室でも少し研究していました。

ところが、試作機を作る段階までいったところで、リーマン・ショックが起こってストップしてしまいました。

その後、「ウチで空飛ぶクルマをやりたい」と希望するチームが、いくつか出てきたのです。２０１２年に始動したカーティベーター（＊自動車・航空業界、スタートアップ関係の若手メンバーを中心とした業務外有志団体）は、実はT社系の仲間が集まって立ち上げた団体です。でも、T社は最終的にはこの団体にいくばくかの資金を提供しただけで、社内では研究しませんでした。

現在も、米国の企業には出資しているものの、自分たちで製造しようという発想はないですね。

結局のところ、そういった空飛ぶ円盤のようなものが、会社側にどう捉えられるかは時代によって変わると思います。残念ながら、私が在籍した時期には、本流になりませんでした。

その理由の一つに、航空機事業があります。当時の名誉会長がずいぶん力を入れたのですが、結局頓挫しました。

その理由は、「この飛行機が落ちたらどうするんだ」です。この意味がわかりますか？

保江　責任問題になるからでしょうか。

T社　もし飛行機が墜落したら、自動車事業も一蓮托生でダメになるからです。万が一、T社が作った航空機が墜落すれば、車のマーケットシェアにも甚大な影響が出るのです。

名誉会長はやる気満々だったのですが、事業は断念せざるを得ませんでした。

あの方の経営者として素晴らしいと思うところは、経営判断は現場実務に任せるのです。ですから、報告が彼のところに事業案件として上がってこなければ、「ダメだったのね」というのみ。製品としては未完成、という判断だったと思います。

現場にも足を運んで応援してくれたのですが、現場実務の判断がなければ、「やれ！」とはいいません。T社には、そんな風土があったのです。

最終的に、特別に招集された役員会で、試作機も飛ばしていよいよ量産に入ろうかというときに、どこかのお偉いさんから、

「一生懸命やってくれたのはわかるけれど、これが落ちたらどうするんだね」といわれると、みんな黙るしかないわけです。

保江　そうでしょうね、そんなことをいわれたら。

T社　当時、T社は航空機エンジンの開発もやっていました。

保江　航空機エンジン、レジプロ（エンジン）（＊往復動機関あるいはピストンエンジン・ピストン機関とも呼ばれる熱機関の一形式）の開発でしたか？

T社「自動車用のエンジンを空に持ってきたい」という話で、そうなると電子制御になります。すると、「電子制御のエンジンなんか、空に持っていけるか」といわれて。

なぜだと思いますか？

保江　雷とか、電気的な理由ですか？

T社　航空機の認証では、故障率は自動車の1／1000を保証する必要があり、しかも負荷は、確か巡行時で75％。おまけに使用期間が長い。10年、20年と長期間持たせるのは、当たり前の世界です。

そういう過酷な条件に、「お前、こんなものが空に通用するわけがないだろう」と、技術部の副社長に一喝されて終わりでした。

試作では問題がなくても、経営判断は別なのです。

保江　なるほどね。確かに空を飛んでいるときに、エンジンが止まったらまずいですよね。車だったら走行中に止まっても、なんとかなりますが……。

T社　飛行機だと、確実に墜落しますから。

「なんで落ちたの？」

「T社のエンジンが止まったから」

これでは、自動車事業に大変なダメージを与えることになります。経営陣はそれを懸念していたのです。

保江　確かにそのとおりです。でも電子制御は、当時はそんなに心配があったのですかね。

Ｔ社　私はエンジン開発には関わっていませんでしたので、実態はわかりません。もしかしたら、やめさせようと思って強くコメントしたのかもしれません。
勇を鼓して副社長にお話ししても、「ダメ」の一言。「バカモノ！」といわれて終わりです。

保江　確かに、エンジンはもちろん、車のさまざまな機能は電子制御ユニット（ＥＣＵ）ですべてコントロールされていますから、ＥＣＵがちゃんと機能している間は大丈夫なのです。
ＩＣチップはけっこう長持ちしますが、一緒に入っているコンデンサーはそんなに持たない。だから、20年ぐらい経ったＥＣＵなんて、そのコンデンサーの中身が漏れていたりしたら、まともに動かなくなります。

いまでは、ＥＣＵを搭載した車が平気で走っています。15年前の中古ベンツのＣＬＳを以前買いましたが、とても調子がよかったです。走り始めたときの加速の感覚が、すごくよかった。

いつもレクサスに乗っている某一部上場企業の会長さんに乗ってもらったら、

「こんな加速は初めてだよ」といわれ、実にいい気分でした。

ところが、エンジンを止めるとものすごい音でファンが回り、2、30分したらファンが止まってしまうのです。そんなものかなと思っていたら、メルセデスベンツに、

「古い車なので、ＥＣＵを一度チェックさせてほしい」といわれました。親切なことだと思ってチェックしてもらったところ、やはりＥＣＵがイカれていたのです。だから本来の加速ではなくて、異常な加速だったようです。

Ｔ社　どうイカれていたのでしょうか。

保江　エンジンを止めるはずの動作が、逆になっていたようです。エンジンをかけて車が動き始めたときに、アクセルが、レバレッジで深く踏み込んだ角度よりも、もっといくように動いたわけです。

そういう不具合が一ヶ所でも出ると、エンジンだけは守ろうと、エンジンのスイッチを切ってからファンが自動的に最大限に回されて、冷却するようなプログラムが入っているのだとか。

Ｔ社　すごい機能ですね。

保江　結局、修理することになり、新しいＥＣＵに取り換えてもらいました。乗ってみると、月並みな加速になってしまってがっかり（笑）。

でも、ＥＣＵを交換したおかげで、愛車の寿命が20年ぐらい延びたと思います。他の機械部分はなんとかなっても、ＥＣＵだけはやはりちょっと心配ですね。昔のディストリビューター式であれば、自分でチェックできるのですが……。

Ｔ社　確かにそうですね。

本物のＵＦＯを見た！　――Ｈ社の場合

保江　ありがとうございます。Ｔ社の特命係長さんのざっくりとしたストーリーをお聞きしましたので、次にＨ社の特命係長さんのお話をうかがいたいと思います。

Ｈ社　まず、Ｈ社という会社よりも、個人的なことからお話ししようと思います。

私の子ども時代は、テレビアニメ『スーパージェッター』とか、宇宙冒険特撮テレビドラマの『キャプテンウルトラ』などに夢中になったものです。

保江　懐かしいアニメですね。覚えていますよ。

H社　ちょうど宇宙ものがとても多く、中でもSF特撮ドラマ『謎の円盤UFO』は画期的な番組でした。

保江　それも覚えています。

H社　それであのときは、「なんだ、UFOって、意外に弱いんだな」と思ったのです。

保江　インターセプター（＊来攻する敵機を迎撃することを任務とする戦闘機）が攻撃するシーンですか？

H社　そうです。戦闘機で一撃で撃墜できてしまうので、「そんなに大したことないや」と思っていました。

当時は、UFOにそれほど価値があるとは思いませんでした。私はどちらかというと、零戦のようなメカニック的に飛ぶものが好きだったのです。昔から零戦の絵を書いたり、調べたりしていました。

仕事をするようになってからも、電気のプログラムとか機構関係に携わっていました。

ＵＦＯに興味を持ったのは、20代中頃から後半にかけてでしょうか。この頃に、実際にＵＦＯを目撃したのです。

保江　その頃は、すでにＨ社にお勤めでしたか？

Ｈ社　はい。Ｈ社に入社して10年目くらいでした。

仕事は忙しくても車は好きでしたので、社内のモータースポーツクラブに入り、ラリーなどのレースに出場したりもしていました。

でもそれまでは、ＵＦＯとはまったく縁がありませんでした。

それは、12月の暮れだったと記憶していますが、偶然にＵＦＯを目撃したのです。確か、高崎あたりだったと思います。

「何か飛んでいる」と、娘が空を指さして……。

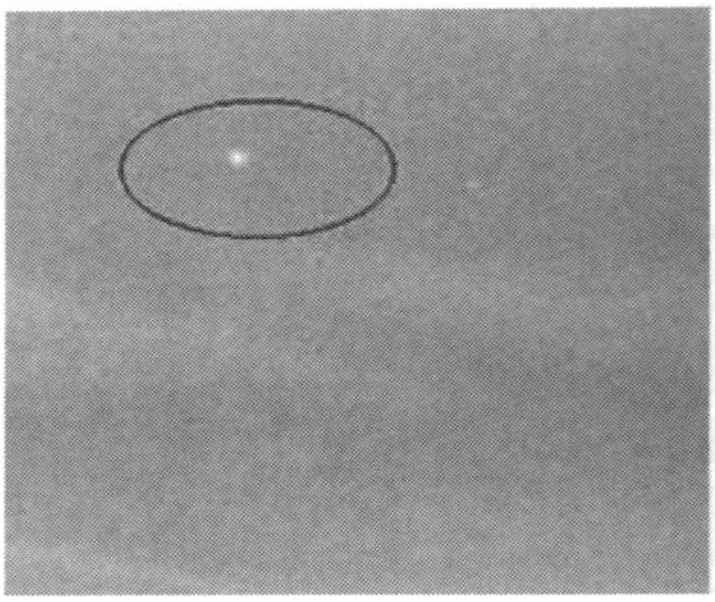

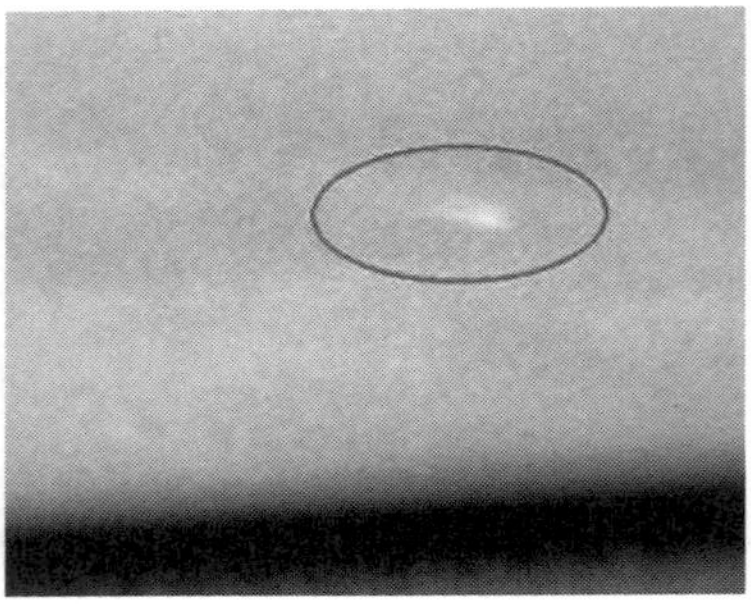

保江　群馬の高崎ですね。

H社　そうです。ちょうどパーキングエリアに車を停めていたときに、娘が指さす方角に浮かんでいたのです。

観光中だったので運よくカメラを持っていて、何枚か写真を撮りました。フィルム式カメラで、写真はいまでも持っています（上の写真参照）。

あのときは、白く光る物体が、一つ二つ三つと次々に飛んできました。その横を、飛行機が飛んでいるのです。

保江　ＵＦＯの横をですか？

H社　そうなのです。飛行機雲も発生していましたが、そのＵＦＯらしきものの後ろにはなぜか雲はありません。飛行機の速度の10倍ぐらいの速さだったので、視界に入った空の端から端までで、ほんの数十秒ぐらいしか見えなかったと思います。

実際にＵＦＯらしき物体が飛行機を追い越し、雲の中に突っ込んだ途端に雲がたなびく様子も、しっかり写真に収めてあります。

保江　では、物理的な現象なのですね？

H社　そうです。

あのときは1枚撮影するたびにフィルムを巻き上げなければならなかったので、残念ながら数枚しか撮れませんでした。

このときの体験が、「ＵＦＯはやっぱりいるんだ」と認識したきっかけでした。

創業者もUFOを見ていた？ ——実現に向けて動き出した空飛ぶクルマプロジェクト

H社　H社の社内でUFO研究がスタートしたのは、ある研究集会がきっかけでした。係長クラスの研究員が集まり、10人程のグループを作ってそれぞれテーマを決めるのです。約半年かけて、そのテーマについての研究報告をしていくというもので、優秀者にはご褒美がもらえます。

そこで我々が取り上げたテーマが、空飛ぶクルマだったのです。

保江　空飛ぶクルマね。

H社　テーマを決めるにあたって、私は子どもの頃に親しんだ『スーパージェッター』などのイメージから、いろいろなアイデアを出しました。

その頃、『バック・トゥ・ザ・フューチャー』というアメリカのSF映画が流行《はや》っていましたが、「あの映画のように、車を空に飛ばそうよ」と話すと、みんな賛成してくれました。そして、言い出しっぺである私が中心になって動くことになったのです。

そのグループにいた優秀な研究員2名と一緒に調査し、彼らがまとめて報告しました。当時、UFO番組のディレクターとして有名だった矢追純一さんを取材し、当時NECに勤められていた南善成さんには、「車を飛ばすための技術的な方法」を共同研究としてご教示いただいておりました。

メビウスコイルで有名な、清家新一さんにもお会いしましたね。いろんな人と交流しながら、情報収集に努めたわけです。

調査報告をまとめても、空飛ぶクルマはあまりにも現実離れしていますから、研究集会では当然ながら相手にされません。

ところがその数ヶ月後に、本社からこのグループが呼び出されたのです。研究集会の報告を受けたのでしょう。

それで本社に赴いてプレゼンをしたところ、「この研究テーマを本格的に扱ってくれないか」といわれたのです。

保江　本社から直々に？

H社　そうです。なぜ、そういうことになったのか。

当時の取締役が話してくれたところによると、なんと、創業者の本田宗一郎氏もＵＦＯの目撃者だったのです。宗一郎さんは、アメリカで工場やテストコースの候補地を探していたときに、たまたま飛行中のＵＦＯを見たという。

そして、そこからＨ社に「火の玉研究会」が発足したのです。

保江　火の玉ですか。

Ｈ社　はい、火の玉です。その後、会社を挙げていろいろ取り組んだようです。

カナダの山岳地帯にある、重力場が歪んでいる場所にも行ったりしていました。

保江　確かに、そういう場所はありますね。

Ｈ社　Ｈ社の社員が団体で現地を視察したことで、地元の新聞に記事が載ったこともあったとか。

保江　地元紙まで取り上げたのですか……。

H社　はい。ただ、UFO出現の原因究明に全力を挙げたのですが、残念ながら突き止めることはできませんでした。

そんな状況にあったとき、今度は我々のグループが同じテーマを取り上げたのです。

本社サイドから、「中途半端で終わっている研究を再開してくれないか」といわれ、社内で正式に再スタートしました。ですから、トップダウンで始まった研究プロジェクトです。

保江　創業者による直々の指令ですね。

H社　そうですね。南さんからもっと横に広げて、当時、防衛庁にいらした武捨貴昭さんの協力を仰いだり。ビーフェルド－ブラウン効果（＊電極間に高い電圧をかけ、片側の電極を放電しやすい尖った形状にすると、放電によりイオン化した気体の移動によって、電極に推力が発生しているように見える現象）だとしたら、多少の数式がわかれば理解ができるだろうと思ったわけです。

武捨さんは、ビーフェルド－ブラウン効果の実験を行っていた人で、私が精度を上げた試験装置を作り、再現テストを行いました。

保江　電気系のテストですね。

H社　そうです。実験できそうなものを選び、これをベースに再現テストをしました。当時、私が描いた下手な絵はいまでも使われています。武者さんが宇宙工学会で発表されたものが、アメリカで再検証されたりもしたようです。

協力者の中に、元NASDAの個人研究家で、磁気で重力をコントロールできる方がいました。その方にはコンサルティングという形で共同研究をお願いし、ヒアリングしながら資料をまとめ、その報告のためにスウェーデンで行われた宇宙航空学会（https://www.jsass.or.jp/conference/2342/）まで行きました。

当時、和光基礎研究所の所長さんがアメリカにも研究協力（アメリカH社に対して、アメリカのUFO技術に関する情報収取）の要請をかけていたので、アメリカからもいろいろとUFOの推進技術に関する情報をいただいていたのですが、ちょうどその頃に、アメリカで行われた宇宙航空の学会で開催期間中に発表することになっていた、日本人が撃たれるという事件が勃発しました。

保江　狙撃されたのですか？

H社　エレベーター内で撃たれたようです。学会で発表する予定の資料が入っていた鞄を持ち去られたという事件でした。

保江　そんなことが本当に起きるものなのでしょうか……。

H社　それでアメリカ側からも本社側からも、「これは中止したほうがいいんじゃないか」となって、ＵＦＯの調査を中止したという経緯がありました。

保江　どんな内容だったのでしょうね。

H社　三相の高周波を使って空間共振を起こし、重力を制御することができるという実験について発表しようとしていたのです。

保江　核心に触れる内容だっただけに、撃たれてしまったわけですね。

H社　「そこは危険な領域だから手を出すな」というアメリカからの警告だったのかもしれません。研究はとりあえず、断念するしかありませんでした。

でも実際には、研究集会は定期的に開かれ、同じようなテーマの研究を継続していたのです。その後の結果は聞いていませんが、どの研究者も同じプロセスをたどったのではないかと想像しています。研究を重ねるうちに、どうしても重力コントロールの壁に突き当たってしまうのです。それを乗り越えるのは、容易ではありません。

保江　その狙撃事件ですが、地元の警察等は動かなかったのですか？

H社　そのようですね。ご存じのように、アメリカでは毎日１００人以上が銃撃によって命を落としています。ですから、特別なことではないのでしょう。もしかしたら、よくある強盗目的だったかもしれませんし。

保江　そういう事件が実際に起こるのは、怖いですね。

アメリカでは、そういう研究を公表しようとする人物がよく暗殺されるようです。日本人が発表をしようというタイミングで起きるとは、本当に驚きです。

ＵＦＯ研究は禁断の果実？　命がけの研究

Ｈ社　その間、杉山敏樹さんやいろんな人にお会いして、テスラコイル（＊高周波・高電圧を発生させる共振変圧器）や、発明家のジョン・ハチソン（＊１９４５年〜。カナダ在住の物理学者）が発表したハチソン効果（＊カメラを上下さかさまにした状態でセットし、さらに物体を乗せた土台ごと回転することで、物体に対して遠心力を生じさせる。それを利用し落下状態をコントロールすることで、浮上現象だけでなく浮遊現象を再現できるとされている）などについて調べました。

オカルト雑誌、月刊『ムー』（ワン・パブリッシング）の関係者と思われる方が主催するハチソン本人の講演にも行きました。このように、他の方々からも多くの情報をいただきながら研究したわけです。

保江　命がけの研究ですね。

H社　そうですね。当時、高周波に関する装置の件で、大手通信メーカーの日本無線を訪ね、「こういうものを作れますか？」とお聞きしたところ、「作れますよ」とのご返事をいただきました。

話は飛びますが、水晶のカット装置では3次元のレーザーを使います。3次元は三相ですね。カッティングの際に、ハチソンと同じような現象が起きたと聞きました。

私が経験を積みながらやってきたことは、T社さんとはだいぶ違うと思います。テスト専門だった私は、実験していろいろな研究レポートを書くタイプなので、実践的に取り組んできたわけです。

保江　ご出身が電気系だったこともあり、三相交流（＊多相システムの一種で、現代の電力系統において主流の送電方法）などをおやりになったのですね。

H社　ビーフェルド‐ブラウン効果テストなどです。

保江　効果をテストして、電磁効果による重力制御を主に研究を続け、発表しようとしたところ、怖い目に遭った人がいた……。

　この研究は、特にアメリカにとっては禁断の果実だったということですね。

H社　そうです。

保江　T社の特命係長さんは、電気系ではなくて機械系をずっと歩んできたということでした。乗り物としてのUFOを実現するという方向ですね。

　つまり、T社では、電子制御などの電気的な部分よりも、機械として実現するプロセスでの意見が多かったと思うのです。

　T社の特命係長さんに呼ばれて、僕もその研究プロジェクトに引っ張り込まれました。

　中心となったのは、電気的電磁場制御による重力効果、電磁流体力学的な効果まで含めた研究でした。リフターのような静電気力などの装置に着目した、電気関係の方々もおられましたね。

　純粋な機械的研究としては、左回りのコマが軽くなるという実験くらいはやりましたが……。

H社　地球ゴマを左側に回すと上っていくという現象ですね。

保江　東北大の教授の助手さんが試したのですが、結局、そのような結果にはなりませんでした。

H社　元東北大学工学部助教授の早坂英雄さんですね。

保江　超伝導と組み合わせた液体窒素か液体ヘリウムか、あるいは水銀を回転させて、そこに電気をかけて反重力的性質を持たせる実験もやりましたが、やはり電気、電磁機で重力を変えようという動きが主流だった気がします。

その研究を続けると、アメリカで命を狙われる事態を招く……。ということは、アメリカの軍関係か政府筋かはわかりませんが、そのレベルまでは把握しているのでしょうね。

UFO情報を公開し始めたアメリカの軍事機関

保江　ここで、「UFOとは、いったい何なのか？」を一般の方に理解していただくために、例えばアメリカやロシアが製造しているといわれるUFOについてご存じのことがあれば、教えていただきたいと思います。

つまり、地球人が作った乗り物としての空飛ぶ円盤が、すでに存在しているのか？

かつて、ナチスドイツが作ったという噂もありますが、そのあたりのことも含めてご自身で研究・調査されたことを、教えていただけますか。

T社　2017年末、アメリカでUFOと思われる物体を海軍戦闘機が追跡したという事件のスクープがありました。

保江　その映像が出ましたね。

T社　最初に海軍が、さらに国防省がその事実を認め、その後、UFO調査に関する法律ができましたよね。私はこれを『UFO法』と呼んでいます（編集注：固有の法律ではなく、国防権限法[NDAA：National Defense Authorization Act]の一部に入っています)。

保江 法律ができたことは知りませんでした。

あの映像がついに認められたというのは知っていましたけれども。

T社 そういった類いのことはこれまでずっと無視してきたのに、突然政府が認めたわけです。

すると、議員たちは、

「そんなものが本当にあるのか。いままではどうだったんだ。きちんとした報告書を提出しろ！」といい出したのです。

議会の要請に従い、2021年6月、UFO目撃情報に関する第1報が、予備評価報告として出ました。全部で144件あり、その内容は、軍の日報みたいなものでした。

「こんなものに出会った」「あとで調査したらこんなことだった」というようなことが記述されています。分析レポートですね。

ここでいう分析は、「どんな物体が飛んできたか」「その結果、どう判断したか」などを指します。1件については「気球だった」とありますが、他の143件については「不明」とされていました。

私はこれを『ＵＦＯレポート』と呼んでいますが、この驚愕のレポートを、アメリカの情報機関がオープンにしたのです。

議会に対する報告なので、当然ながら機密事項には触れていません。公開されたサマリーみたいな内容です。

その後、２０２２年の国防権限法にＵＦＯオフィスを設置するという条文が入り、今後は、ＵＦＯに関する調査を真面目にやるべきだという流れになりました。

保江　法律で決められたと。

Ｔ社　その調査セクションは、もうできています。

国防総省の全領域異常解決局（AARO〈All-domain Anomaly Resolution Office〉）といって、そこですべての情報を扱うことになっています。

その調査対象の一項目に、「リバースエンジニアリングを行っていたかを、調べろ」ということが書かれているのです。これは、ある程度の情報がないと書けないことです。リバースエンジニアリングとは、回収されている墜落したＵＦＯを分解し、その技術を真似ることです。

実は、2023年のUFO法は、2022年の夏頃に原案が出たのですが、その条文は最後の半年ぐらいに大きく書き加えられているのです。リバースエンジニアリングや、1945年以降の歴史的報告書の調査など、リアルな項目がたくさん追加されています。

保江　リバースエンジニアリングとして、分析が可能だといっているわけですね。

T社　「リバースエンジニアリングをやっているんだったら、それも報告しろ」と書いてあるのです。

これはあくまで議会への報告なので、すべての情報がオープンになるかどうかはわかりませんが、私の想像では、もしリバースエンジニアリングをしたという事実があるとしたら、その報告書に載るのではないかと思います。

そして、2023年の『UFO法』の中には、非常に重要な内容があります。普通はそんな報告を、政府内であっても他の部署に漏らせば、機密保持契約に触れてしまいます。

ところが、「密告してもいい。それは罪にしない」というのです。

保江　そういうことになったのですか？

T社　はい。そんなことが書いてあるわけです。
向こうでは「密告法」というような言葉も出ているようですが、いま、時代の流れがそのようになっているのです。

保江　その法律は、いつ施行したのですか？

T社　２０２２年末にバイデン大統領が署名し、２０２３年1月からスタートしています。
細かくいうともっと複雑ですけれども、大筋はそういうことです。

保江　なるほど、そういった流れがあったのですね。
これまでは、日本の航空会社や航空自衛隊のパイロットがＵＦＯを目撃しても公表できませんでした。
昔、日航の貨物機を操縦していた機長が、「アラスカ上空で巨大なＵＦＯを見た」と報告したところ、その機長は空を飛べなくなってしまったのです。「精神に異常をきたしている」という医者の判断によって、免許が剥奪されたからです。
仕事を奪われては困るので、それからは誰も自発的に話そうとしなかったのに、最近になって克明に報告しなくてはいけなくなりました。だから、みんなどんどんしゃべり始めました。それで、最近はケーススタディ的な報告がどんどん蓄積されているらしいですね。操縦士たちは、かなり頻繁に遭遇しているようです。

T社　アメリカのUFO法では、民間からの報告は入っていないですね。自分たちの管轄内のみというのが基本姿勢です。
私が書いているNPO ASTROのブログに、そういう情報もたくさん取り上げています。
実は、さっき申し上げたUFOレポートの中には、空軍のものは一切入っていないのです。スティグマ（＊社会的な汚名）のレッテルを貼られるから、UFOを見ても一切いわないような風土だったみたいです。
それが急に法律ができて「報告しろ」となったのですが、それでも出てこなかったのです。最初の法律ができたときはそんな感じでしたが、その後、法律のほうも徐々に整備されてきています。

おそらく昔は上司に報告をして、情報機関にレポートを提出するという流れだったのでしょう。しかし、いまは個人が直接報告できることになっています。

従って、そのシステムが機能すれば、アメリカでもそういった情報がたくさん集まる時代になるのです。また、この業界は狭いので、これを契機にあちこちで民間団体が立ち上がったとの情報もあります。

民間団体というのは、もっと真剣に技術的な調査をする目的で、そうした調査を得意とするプロの団体です。例えば、人工衛星から画像を入手してＡＩに判断させて、おかしいところを見つけるというプロジェクトもあります。

ハーバード大学のアヴィ・ローブ教授のような、立派な天文学者も関わっています。彼は、太陽系外からの彗星を研究しています。あれは宇宙船だということを論文に書いて発表もしていますね。

そのローブ教授が現在、ＵＦＯ観測プロジェクトに打ち込んでいます。

他にもいくつか動きがありますが、長くなりますので、また別の機会にでもお話ししましょう。

保江　ありがとうございます。

地球に訪れている宇宙人がドロイドである可能性

保江　H社さんは、地球上で本当にUFOを作って飛ばしている所があるのか、また、それを探し出して見極めようとしている人がいるのかなどの情報をお持ちですか?

H社　私はもっと原始的に考えています。

ウクライナとロシアの戦争でもわかるように、攻撃用ドローンが出てきましたね。ドローンは無人攻撃機にもなります。これからの地球上では、人間が乗らないで遠隔操作で動く乗り物が、次々に登場するでしょう。

要するに、人は遠くで操作しながら、実際に調査や攻撃に携わるのはロボットだということです。その発想を、今度は地球外に適用させた場合はどうなるでしょうか。

生物が存在すると考えられる星まで、一番近いところで50光年といわれます。仮に、光速で50年間飛び続けるとしましょう。実際、宇宙生命体も生物ですから、人間と同じように、いつかは死を迎えるはずです。

寿命が500年か1000年かはわかりませんが、長きにわたって宇宙空間を航行する間には、身体にいろいろな現象が起きるわけです。寿命がどれだけ長かろうが、その地球外生命体が命を削りながら地球まで飛来し、なんらかの目的を達成するのは、その星の文明がいかに進歩していても難しいのではないでしょうか。

保江　なるほど。そうですね。

H社　そう考えると、ロボットに代行させて地球で調査するのではないでしょうか。だから地球に来るのは、基本的にはロボットに近い存在だろうと思われますし、同じことを主張する人もいます。

最先端科学の技術を使った最近のロボットは、従来よりもはるかに効率がよく、タンパク質を使った、生命体に近いアンドロイドまで作れるようになっているのです。

映画『スター・ウォーズ』シリーズにも出てきますが、ＡＩを搭載したドロイドを使って、人間の仕事をやらせるわけです。

長時間保持できるエネルギーを与えることによって、長期間の活動を可能にする、極めて高度な方法ですね。

そういうものを乗せて地球に調査に来るとしても、その目的が調査なのか侵略なのか、あるいは友好なのかは、まだわかりません。

１９４７年にアメリカで発生したロズウェル事件は、ドロイドのような存在が乗っていたＵＦＯが墜落したものかもしれません。

この事件に関する機密情報は、現在ではかなり公開されるようになりました。

「生きた人間みたいなものがいた」と証言した人たちもいます。信憑性の高い写真も残っていて、死んでいると思われる４、５体が見つかりましたが、そのうちの１体は墜落後も生きていたともいわれています。

保江　そうですね。

H社　でも、身体には生殖器も口もなかった。そうだとすると、ドロイドかなと考えられますよね。UFO内部の機械的な故障で落ちたと考えるのが、一番自然です。
アメリカで公開された乗り物を実際に見ると、非常に小型ですね。

T社　どの乗り物ですか?

H社　戦闘機を追跡していたものです。

保江　あれは小さかったですね。

H社　あれでは人は乗れないでしょう。
母船から切り離された可能性もありますし、攻撃とは別の目的で、例えば観測のために来たのではないでしょうか。
さまざまな情報を基に現代科学で分析しても、その程度のことしかわかりません。

保江　高度な地球外知性体が、なんらかの意図を持ってこの地球を調査しているのでしょうか。

いずれは侵略するにしても、その前段階の調査かもしれません。

あるいは、純粋な探査が目的で、生物に似たドロイドに過酷な宇宙空間を飛行させるという研究なのかもしれませんしね。

しかし、我々が実際にそれをリバースエンジニアリングで実現して飛ばすのはまだまだ難しく、すでにできていてもごく少数だろうと思います。

H社　そうですね。たまたまそれを発見した場合、コピーする技術は地球上にもあるので、ある程度は再現できるかなとは思います。
もしかしたら、アメリカかロシアあたりがすでにUFOを作る技術を持っているかもしれません。しかし、いまだにそれが実用化されていないということは、そこまで高度な技術にまではまだ、達成していないのでしょう。

自責の念で取り憑いた宇宙人の霊

保江　UFOフリークの間では、すでにアメリカはそういう技術を持っているといわれていますね。

しかし、月に再び人間を送り込むアルテミス計画にしても、スペースX（＊アメリカの航空宇宙メーカー）のロケットに頼らざるを得ないような状況です。火星や他の惑星の探査プロジェクトでも、大量に注ぎ込んだ燃料を燃焼させてロケットを打ち上げるやり方を、いまだにやっています。

もし、リバースエンジニアリングで空飛ぶ円盤のような推進装置がすでに手に入っているならば、そっちを使ったほうがはるかに安上がりでしょう。世間を騙すためだけに、化学燃焼推進ロケットを使うとは考えにくいですね。

だとすると、まだリバースエンジニアリングは完成していないか、試験段階で実用化には至っていないのかもしれません。

ロズウェル事件のＵＦＯは、なぜ墜落したのか？　さまざまな説が飛び交っていましたが、どうやら飛行中に雷に打たれたのが真相らしいのです。

一般の軍用機や旅客機も雷雲の中を飛ぶことがありますが、雷に打たれて墜落するという例はあまりありません。

確かに、電子制御装置ならダメになるでしょう。しかし、フライ・バイ・ワイヤーのシステム（＊航空機等の操縦・飛行制御システムの一種で、航空機の従来の手動飛行制御を電子インターフェースに置き換えるシステム）であれば、たとえエンジンが止まっても胴体着陸ぐらいはできるはずです。我々が想像もできない最先端技術を備えるUFOが、雷ぐらいで墜落するでしょうか。

その一方で、電磁的な重力制御で飛んでいるとしたら、やはり雷のような電磁効果には非常に弱いとも考えられます。

僕は娘と一緒に墜落現場を見ようと、ロズウェル近郊に行ったことがあります。前夜にロズウェルに向けて出発したのですが、雨も降らないのに雷がすごいのです。まるで絨毯《じゅうたん》爆撃のように右に左に雷が落ちる。

それを見て、「これでは、UFOも雷に打たれるだろうな」と思いました。

UFOは、筐体《きょうたい》の周囲に張り巡らされている電磁場から重力効果を得て飛ぶわけですが、雷が落ちるとそれが狂うのです。墜落するのも当然でしょう。

その中で、唯一生き残ったパイロット役のドロイドがいました。ドロイドですから、本体は向こうの星にいて、そのアバターとして動いています。そのパイロット役は、雷に打たれたことや、仲間を死なせてしまったことがトラウマになっていた。そして、死んでからも、ロズウェルの墜落現場を彷徨《さまよ》っていたらしいのです。

そこへ、たまたま僕が現れたのです。「こいつに取り憑いておけば星に戻れるかもしれない」と、その宇宙人の霊は思ったようで、それ以来僕に憑いたまま、いまもここにいるらしいのです。

僕がなぜそれを知っているかというと、次のようなエピソードがあったからです。ロズウェルから日本に帰って5、6年後、岡山にいたときのことです。

当時、僕は肥田春充《ひだはるみち》氏が創始した肥田式強健術というものに興味を持っていました。大正から昭和にかけてブームとなった心身鍛錬法で、それをやると超能力的な力が強くなるというのが売りでした。

その肥田式強健術を受け継ぎ、東京で広めている先生が岡山まで来てくれたことがあったのです。

肥田式強健術をやると超能力が身に付くという話に違《たが》わず、この先生は人に憑いている霊を見る能力が具わったそうです。僕を見て、

「宇宙人の霊が憑いている人に、初めて会った」と驚いていました。

普通の人にはたいがい、ご先祖様がいつも守護霊として寄り添っています。ごくまれに、タヌキやキツネ、蛇などの動物霊が憑いている場合もあるようですが、宇宙人の霊だなんて、その先生ですら見たことも聞いたこともなかった。それで興味が湧き、宇宙人の霊にチャネリングして、「なんでお前はそんな所にいるんだ」と聞いてみたそうです。

すると、「自分はアメリカのロズウェル上空でＵＦＯを操縦していて雷に打たれた。地上に激突して、仲間は死んだが、自分は生き残った。しばらくアメリカ軍に捕まっていたけれどもやはり死んだ。墜落させてしまった自責の念がトラウマとなり、その現場を漂っていたら、たまたま変な人間がやってきて、こいつに取り憑いておけば、いつかは星に戻れるだろうと思ったのだ」と、その肥田式強健術の先生に伝えたというのです。

帰京する先生と岡山駅の近くで雑談していたときにそんな話が飛び出したので、僕はびっくり仰天しました。

正直なところ、「僕にくっついていても、しょうがないだろう」と思いました。僕は宇宙飛行士でもないし、どうしてその星に戻れると思ったのだろうと。

でも、東京に出てきてから、「この宇宙人の考えは正しかった」と考えるようになりました。おそらく、僕のやってきたことを見守っていれば、いずれは星に帰れるんだろうと。

この宇宙人が星に帰るために最も的確な人材・組織に出会うための仲介役として、僕が一番適任だったと思うのです。


それ以来、意識していろんな人に会おうとしています。

残念ながら、中には信憑性の低い情報もたくさんあります。でも、「違う星に行ったことがある」「宇宙人にさらわれた」と話す人がいれば、できるだけ直に会うようにしています。

その中でもし本物に出会えれば、その人に乗り移ってくれればいいわけですから。


別府《べふ》進一さんという高知の高校で物理を教えている先生も、その一人でした。彼は、何度もUFOに搭乗している人です。

以前、久しぶりに高知へ行ったところ、お二方とは別のUFO特命係長に、初めてお目にかかりました。この方はT社でもH社でもなく、地方自治体のお役人です。

この特命係長が、ひょっとしてお目当ての人かなと思ったのです。彼もUFO体験をしている人ですが、これは後ほどお話ししますね。
超能力のない僕には、ロズウェルの宇宙人の霊がまだ貼り付いているのかはわかりませんが、もしかしたらその特命係長さんに、鞍替えしてくれたんじゃないかと思うのです。

UFOの飛行原理は、量子電磁力学から解明できる

保江 それでは、再びT社の特命係長さんから。これまでご自身が行ってきた調査研究で、「これはぜひ皆さんに知っていただきたい」ということがあればお話しください。

T社 私は機械系出身ということもあって、いろんな論文を読んで知識をインプットするだけでした。

保江 ほとんどが電磁効果ですか？

T社 そういうのもあります。以前、米国調査のとき、ハロルド・ピュートフさん（＊Harold E.

Puthoff, PhD　1936年生まれ。アメリカの電気工学博士であり超心理学者）という学者さんにもお会いしたことがありました。

さっきお話ししたいろんな調査の中で、私はアメリカ、イギリス、それからロシアやドイツに行きたかったのですが、結局、ドイツは実現しませんでした。

私が訪ねた所は、ほとんど有象無象《うぞうむぞう》の世界でした。

保江　やはり、決定的なUFOの飛行原理は見当たらなかったのですね。

T社　もし本当に存在するのであれば、ぜひとも見たいです。

電気系でいえば、もしかしたらあるのかなと思っているのは、エレクトリックユニバースです。

保江　リフターでしょうか？

T社　そうではなくて、いわゆる宇宙論の中に、「宇宙は電気でできている」という説があるのをご存じないですか？

保江　最近、耳にしたような気がします。

T社　私も最近知ったので調べているのですが、この説が最初に提唱されたのは10年か20年前だったと思います。

やはり電気がキーで、重力はもしかしたら電気かもしれないと思うのです。

保江　それは、ピュートフ博士が論文でも書いていますね。

T社　それが正しいかどうかは、残念ながら現時点ではわかりません。

保江　ピュートフは、立派な理論物理学者です。

物理学にはそれまで解明されなかったものがいくつもありますが､彼はその中の大きな問題、例えば質量を説明したのです。

ニュートンの運動方程式では、F＝MA。質量MというのはF／Aで、つまりこれだけの力を与えられたときにどれだけの加速度が生じるかということですね。

動きにくいものは質量が大きく、動きやすいものは質量が小さいとされます。

でも、この質量は何なのかについては、相対性理論や量子力学、電磁気学など、あらゆる物理学の理論では、「もうすでにある。そんなものははなからあるのだ」と解決済みにしてきたわけです。

ですから、質量の起源なんて議論されたこともありませんでした。

その質量が生まれるカラクリを、ピュートフが初めて量子電磁力学を使って説明したのです。しかも、それまで量子電磁力学が隠していた、「無限大の真空のエネルギーの効果である」としました。

その質量がどういうファクターでできているのかを突き止めて、アメリカ物理学会の雑誌『フィジカル・レビュー』で発表したのです。

すべての素粒子、物質は、電磁場の中に制動放射というのがあって、荷電物質や荷電粒子が動くと電磁波を放射します。外から何か加速度を受けると、電磁波を放射するわけです。

例えば、太陽フレアから発生した荷電粒子は、太陽風となって地球に飛んでくると、地球の周囲の磁場に引っかかって急に曲がり、減速させられます。

その「減速」とか「曲がる」というのは加速度の変化なので、制動させられたときに電磁波を出します。それがオーロラとして見えるわけです。

その制動放射には電磁抵抗というのがあって、その量子電磁力学におけるゼロ点エネルギーの部分の効果が質量だ、と初めてピュートフが指摘したわけです。

次に重力です。

重力というのは、まずアインシュタインが一般相対性理論で、「時空の歪みだ」と主張しました。

それは、時空の歪みとして定式化しただけで、重力の本質が何かということについては触れていません。

これについても、ピュートフが説明したのです。

物と物が引き合うのは、たとえそれが電気的に中性であっても分子間力（ファンデルワールス力）と同じで、ファンデルワールス力の計算において、いままで寄与を無視してきたゼロ点振動の部分を考慮して計算し直すと、重力に一致する。

だから、重力も質量も量子電磁力学効果である。

そんなことを、物理学の中で初めて証明してしまった人なのです。

これは本当に正しい理論で、僕も感動しました。

ですから、まさかピュートフがＵＦＯとか宇宙人に興味を持っているなんて微塵も思いませんでした。

ところがその後、ＵＦＯや宇宙人のジャンルの中にピュートフという名前が突然出てきたのです。

彼は、本気で宇宙人のテクノロジーを駆使したＵＦＯの飛行原理として、電磁的に重力を制御するところを、きちんと量子電磁力学で把握しようとしたのでしょう。

現在、ピュートフが何を研究しているのか、僕は知らないのですがご存じですか？

Ｔ社　もうだいぶご高齢になったので、あまりアクティブには動かれていないと思います。アメリカに研究所がありましたよね。

保江　オースチンですね。

Ｔ社　いまもそこの所長だと思います。ＵＦＯ関連でも、たまに意見を出されていますね。

２０１７年、民間でＵＦＯ研究をしようというTTSA（To the Stars Academy of Arts & Sciences）という団体ができました。

パンク系のミュージシャンがお金を出して立ち上げたのです。

確か、ピュートフ博士はその関係者の一人だったと思いますので、そっち方面の活動を現在なさっているのかもしれません。

保江　大御所の、ご意見番というところでしょうか。

Ｔ社　そういう感じかもしれませんね。

リバースエンジニア系でも、インタビューを受けたことがあったような記憶があります。

保江　でも、ピュートフが命を狙われたということは聞かないので、メインストリームからは外れているのでしょうね。

Ｔ社　理屈だけでは、あまり狙われないのではないかなと思います。

保江　理論だけあってもね。

T社　実験のほうが危ないような気がします。理論はあっても、モノがなかったら影響は少ないですから。

だから命を狙われる人というのは、実験家が多いのではないでしょうか。

保江　具体的にモノを作っている人ですね。

T社　暴露されると誰かが困るような情報を扱っている人の中には、不審死となったケースもあります。けれども、理論で殺されたというのは聞かないですね。知らないだけかもしれませんが。

保江　なるほど。僕も理論だけの研究だから、その点はちょっと安心しました。

T社　でも実験家と組むようになったら、もしかしたら狙われるかもしれないですね。

保江　その点、H社の係長さんは実際に試作もされたとうかがいましたが。

H社　それに関しては、アメリカの学生たちが検証しています。また、その論文もあります。

保江　目下、検証中ですか。

H社　そのレポートは、ずいぶん後になって武捨さんから送られてきました。「H社さんがやったものが、アメリカではいまこんなふうに検証されて、その技術はまだ続いているんですよ」と。

プラズマから莫大なエネルギーを得る方法は完成している?

T社　武捨さんの論文は、人気がありますね。あの方は、本も出されているんですよ。

H社　非常に論理的な方です。

保江　日本語の本ですか。

T社　翻訳本もたくさん出されています。著作権の大半を放棄して、ほとんどタダみたいな形で書いていらして、その代わり出版社が広告を打ち、拡散するというようなやり方です。テーマもたくさんあって、その筋では有名人ですね。

保江　それは知りませんでした。

T社　私もたまに連絡をいただきますが、例えば、「ビーフェルト - ブラウン効果をこの研究者がやった」と、武捨理論（＊現在知られている5つの超弦理論を統合するとされる、11次元〈空間次元が10個、時間次元が1個〉の仮説理論）の検証という形で、YouTube に登場したこともあるんです。

保江　では本当に危ない、狙われやすい人ですね。

T社　ただ、それほどの数字は出ていなかったと思います。

保江　それでも効果は出ているわけですよね。

T社　いわゆる質量計でわずかに動いたようなものは、写っていたりしますね。ですから、効果はあるのだろうと思います。

保江　ビーフェルト - ブラウン効果をいい出したブラウンとビーフェルトとは、もともと何者だったのですか？

H社　物理学者ですね。確か重力子、素粒子としての重力子というのがあると、ずっといい続けていました。

保江　まだ見つかっていませんが、そういうことを主張した人だったのですか。

H社　そうですね。

保江　それが急に、ＵＦＯの飛行原理の研究を始めた？

Ｈ社　はい。やはり、重力空間を電磁効果で曲げることができると証明する実験を、ずっとやっていたようです。

保江　ＵＦＯの飛行原理とは切り離して、電磁効果で重力場を変えられるという理論を立てたわけですね。

Ｈ社　はい。

保江　それをＵＦＯの飛行原理に応用したのは、また別の人ということですね。

Ｈ社　そうです。武捨さんがおっしゃっているのはリフターのことです。

　また、ビーフェルト - ブラウン効果を用いた反重力装置の実験が、各大学など研究機関によって検証が続いていると聞きました。

保江　でも、あのリフターというのはイオンの静電気だというのがメインの解釈ですよね。

H社　はい、そうですね。

保江　でも違ったのですね。ひょっとしてあれがビーフェルド - ブラウン効果というのですか？

H社　そうです。要は、電子が飛び出すときに、空間に歪みを与えて推力とし発生させるものです。

保江　それにしてはエネルギーレベルが高くないことに、少々違和感がありますね。

H社　現在の技術では推力として空間を曲げるまでの大きなエネルギーをつくることができないですね。エネルギーは小さいんです。

南さんと一緒に研究していたときから、そのエネルギーをどうやって得るのかという問題はずっとありました。
それが今、高いエネルギーの取得が核融合を使って実現しようとしています。
核融合発電が実際に運用できるレベルの見通しがついてきています。
核融合炉は磁場で、超高温にしたプラズマを高圧に閉じ込めてエネルギーを得る技術がもう完成しているわけです。

T社　アメリカのベンチャー企業ですか？

H社　国際機関、日本もやっていますよ。

保江　本当にプラズマを閉じ込められるのですか？

T社　詳しくは知りませんが、そういうニュースを聞きました。

保江　あれでは絶対無理だという話ですけれど……。

H社　非常に困難だというのは聞いていましたが、それが現実化されてきています。日本はヘリカル型というやつです。核融合研究所が磁場の閉じ込めに成功しています。世界では、発電のための投入エネルギーより出力エネルギーのほうが大きいということが確認できています。

保江　僕はそれを信用していません。なぜなら昔から、ヘリカル型やトカマク型ならいける、とかいわれていますが、それは予算獲得を狙っているだけとされているからです。リップサービス的に提灯記事を出してもらうためと思われています。

H社　でも、文科省はこの分野に力を入れていますよ。

保江　確かに文科省が取り扱っていて、ずいぶん前からそれが名古屋大学にありますが、全然実現していません。

だから、僕は物理学会の中でも、核融合研究をやめろと主張しているのです。自然核融合は、太陽の中では簡単にできます。別に閉じ込める必要がないからです。でも我々の生活空間において、磁場で閉じ込めるというのは理論的には無理です。

T社　特異点ですものね。

保江　そうです。いまだに磁場だけでは、物体を安定的に浮かせられないわけですから。安定特異点が作れないので、必ずどこかに行ってしまうのです。

H社　一応、核融合の実用実験段階に入っているという記事が出ています。

保江　彼らは研究で生活しなくてはいけませんから、ずっとそういい続けますね。

T社　こういう世界で難しいのは、そういうところでしょうね。あとから本論を曲げると、元から崩れてしまいます。

保江　そうなんですよ。

H社　これが可能ならば、かなり強大なエネルギーが取り出せる可能性が出てきます。

保江　ただ、それはあまり当てにしないほうがいいでしょう。

H社　これに関しては、プラズマが重要なキーワードだと、昔からいわれていますが。

保江　プラズマを閉じ込めて流せば、電流と同じ効果が得られ、大きな磁場を発生させることが可能だというわけですね。

大きい磁場を安定的に作ることは問題ではないし、磁場でプラズマを閉じ込めることもできる。

H社　そうです。

保江　磁場でやろうとする方法は、磁場をいくら強くしようが、どう設計しようが無理なのです。いくら磁場を組み合わせようが、一点に一つだけのものを浮かせることができないからです。リニアモーターみたいに、動きっぱなしなら可能なのですが。

だから、その報道はちょっといき過ぎでしょう。なんだか提灯記事っぽいなと思うのです。

ナチスドイツの基地の真実を探ろうとした日本人

保江　ともかく肝心なのは、本当にビーフェルド - ブラウン効果なのか、あるいは他のものなのかということです。

例えば、ナチスドイツの頃にはシャウベルガー博士や、あともう一人、ＵＦＯを研究していた人がいましたね。

ハウニブーはＵＦＯの名前ですが、ナチスドイツも開発したＵＦＯを、実際に何機か飛ばしたという話もあるでしょう。これについては、Ｔ社さんは何か調べられたことはありますか。

Ｔ社　さっき申し上げたようにドイツに行こうとしたのですが、タイミングが合わず行けませんでした。

あのときは確か、適切なコンタクト先が見つからなかったのです。

目的の人、シャウベルガー博士の子孫か知人までたどり着いたような記憶がありますが、そこで終わってしまいました。実際の経験としては、それ以上はないですね。

違う形で、南極でＵＦＯが出たときの写真を指して、これがナチスドイツのものだと主張するYouTubeは見ました。

保江　そんな話がありましたね。

落合信彦さんが昔、『週刊プレイボーイ』（集英社）に連載していましたが、ナチスドイツがアルゼンチンの南部に、密かに疎開先を準備したと書いていました。そこにヒトラーも逃れてきたと。

なぜアルゼンチンの南部だったかというと、南極に近いからだそうです。アルゼンチンのエスタンシア（＊大規模農園・牧場）を拠点にして、地熱によって雪も氷もない南極の一部地域を、ナチスドイツが基地として使っていたというのです。

20世紀最後の真実 いまも戦いつづけるナチスの残党 (集英社文庫)落合 信彦 1984年

そこで製造したハウニブー型のＵＦＯが、いまでも世界中を飛んで暗躍しているという話もあります。

実際に落合さんがエスタンシアまで乗り込んで、そこで捕まりもしながら取材したというのが、『20世紀最後の真実』（集英社）という作品になっていますね。小説という形を取ってはいますが、『プレイボーイ』に連載していた頃はレポートでした。

当時、僕は大学生だったと思いますが興奮して、普段は『プレイボーイ』なんか買わないのに、それだけが読みたくていつも買っていましたね。いまは文庫本になっています。

T社　いまいわれたような話を、どこかで聞いた記憶はあります。ドイツの情報は逸話系のものが多いですね。

保江　そうなのです。だから唯一信用できそうなのが、その落合さんの話なのです。そのレポートの中にも、ナチスドイツが作ったＵＦＯについての詳しい説明があり、かなりリアルな描写です。

彼は、そこに突入して調べていたら捕まってしまった。でも、アルゼンチン政府が密かに監視してくれていたおかげで、軍隊が助け出してくれたそうです。

「あれがなかったら、ずっと幽閉されていたかもしれない」と書いてありました。

そういえば、ブラジルという国は、ＵＦＯ目撃情報が多いですね。

僕も本を書いたりネットで発言したりしているからか、いろんな方から、「ＵＦＯを見た」「写真を見てほしい」という連絡があります。
その中に、旦那さんのお仕事の関係でブラジルに行って、そこでＵＦＯを目撃したという女性がいました。ブラジルでは、日常的に見ることができるそうです。

保江　そのときに思い出したのが、脳・認知科学者の赤松瞳さんのことです。以前、Ｔ社さんと一緒に、その方のセミナーにも行きましたね。彼女にはロシアの研究機関で働いた経歴があり、そのとき以来、僕にも時々連絡をくれていました。
赤松さんは超能力をお持ちで、日本にいる間、超能力を使ったカウンセリングなどをしていたのですが、同業者に足を引っ張られて、嫌になったそうです。

ちょうどその頃、ブラジル政府の要請で、ＵＦＯ宇宙人絡みの研究のためにブラジルに行かれたのです。その後、２年ほど連絡がなかったのですが、ある日、赤松さんがブラジルで殺害されたというニュースがテレビで流れ、本当に驚きました。

Ｔ社　出ていましたね。

保江　彼女の研究もかなり核心に近づいていたのかな、と思いました。死体が発見されてから1週間以内に犯人が捕まったそうですが、あの事件には不審な点が多いのです。

ブラジルで、密かに山に死体を遺棄した犯人が捕まることは考えにくい。

「これはでっち上げだな」と思っていたら、その半年後に日本のカトリックの関係者から、「赤松さんはちゃんと生きていらっしゃいますので、ご心配なきように」と連絡が入りました。

きっと、死んだことにしておいたほうが都合がいいのでしょう。

そうだとすると、研究がそうしたフェーズに入ったのかもしれませんし、ひょっとして地球を離れて、月とか火星ぐらいまで行っているのかもしれません。

アブダクションとは、ある星のミッション

保江　この前、僕が高知でお会いした元お役人も、子どもの頃にＵＦＯにさらわれて、どこかの星に連れ去られたそうです。同じく高知で物理を教えている別府さんもＵＦＯに乗せられて違う星に連れ去られ、向こうのありのままの様子を見て帰ってきたと話しています。

これを、現象として捉えた場合、僕よりもはるかにまともなお二人の正直なご意見をうかが

いたいと思います。

UFOにさらわれて向こうの星に行ってきたというストーリーを、率直にどう思われますか?

T社　結論からいえば、そのとおりなのだろうと思っています。

保江　あり得るということでしょうか。

T社　先ほど申し上げたように、基本的な考え方として、異星人のような存在はいるに決まっている、と考えています。実際に会ったことがないから信じない、ということはありません。だからそういう存在がいて、「ちょっと研究のために連れていく」ということもあるでしょう。

それから、コンタクティものの情報には、ほぼ共通していることがあります。

要は、違う世界を見せられて、「この情報を地球で広めなさい」「地球人的な妄想から早く抜け出て、もうちょっと精神性を上げなさい」などといわれることですね。

そのような話は納得できる、というのが理由の一つです。

アブダクション系の本を読むと、もう亡くなられた米国の方ですが、アブダクションを主張するたくさんの人々から、退行催眠で記憶を蘇らせている人がいるのです。ドロレス・キャノン（Dolores Cannon）という女性の方です。

彼女は何冊も本を出されていて、私も1冊か2冊読みました。

普通の退行催眠では、そのときの経験談が出てきて終わりますよね。

ところが、なぜかわかりませんが退行催眠中に、アブダクションで絡んだ宇宙人が出てくるのです。

保江　被験者の語るストーリーの中にですか？　どのように出てくるのでしょうか。

T社　退行催眠というのは、「そのときに戻りましょう」といわれて、被験者がそのときのことをしゃべります。ところが、話しているうちに本人ではない存在が現れて、それがアブダクションした宇宙人だったのだそうです。

保江　宇宙人が語り始めるのですか？

T社　はい、そういう事例がいくつかありました。

本当にそんなことができるのでしょうか。疑問もありますが、そういう話を読んだのです。

アブダクションではないですが、異星人に他の惑星へ連れていってもらった話で一番有名なのは、ジョージ・アダムスキー（＊1891年〜1965年。ポーランド系アメリカ人のコンタクティー・UFO研究家）ですね。

あの時代には、三人ぐらい同じような経験をした人がいるようです。

だから私は、「一概には否定できない」という意味合いでは、信じているということです。

保江　誘拐された被害者が誘拐犯人と心を通わせて、だんだん誘拐犯寄りの気持ちになってしまうという、ストックホルム症候群が起きた可能性はあるのでしょうか？

T社　複数回コンタクトされた場合でも、同じ異星人が来るとは限りません。

保江　その都度違うのですね。では、ストックホルム症候群ではないですね。

T社　アブダクションは単独でやるのではなく、ある星のミッションとして、異星人がチームでやるのです。

その目的は、先ほどの話のように調査目的もありますが、地球人しかできない仕事を与えられたりもしているようです。

保江　地球人でないとできないことがあるわけですね。

必要な叡智は自身の内部にある――カトリックの異端であるグノーシス派

T社　そのようです。

そもそも、「人類はどうして出現したか」という謎がありますよね。

一説に、異星人が作ったという話がありますけれど、そういう話にも共通点があります。

イギリスの著述家でジャーナリスト、思想家、陰謀論者のデビッド・アイク（David Icke）という方をご存じですか。

彼は、古代キリスト教のグノーシス派の書物には、いまの地球は実は刑務所のようなところで、オリオン座のどこかから来た存在に囚《とら》われている、といったことが書かれているといっています。実際に書物も残っています。

そして、そのような話には、一貫性があるのです。

保江　カトリックの異端のグノーシス派が、そんなことをいっているのですか。

T社　そういう文書が残っているのです。

もともとデビッド・アイクは、どこかで天啓を受け、いろんな経験を経て、「地球人というのはこういう存在なのだ」と考えていたところ、古文書が出てきて同じことが書いてあった、という内容の本を書いています。

古文書だけを見た人はそんなふうに考えないかもしれませんが、アイクにはそう見えるわけです。


保江　キリスト教のカトリックには小さい宗派もたくさんありますが、僕にはグノーシス派が一番しっくりきます。

キリスト教、特にカトリックは、輪廻転生を認めていません。死んだら終わりです。

神であるキリストは生まれ変わりますが、普通の人々に輪廻転生はないのです。

その中にあって、カトリックのキリスト教原理主義的な、「本来のキリストの教え」を主張する人たちが出てきました。

彼らは、「我々の本質は霊魂であり、その霊魂というのはすべてつながっている」と考えています。

個人レベルを超えて、すべての霊魂の体験がアカシックレコード（アーカーシャ年代記）という形でこの宇宙に偏在している。だから、そこにつながると、あらゆることがわかる。いわば、超巨大な図書館であり、必要な叡智とはアカシックレコードの中、つまり自分の内部でつながっている。

この宇宙の叡智に触れることで、人間のすべての苦悩や問題を取り除くことができる。

そういう思想に基づいて活動していたのが、グノーシス派です。

H社　それは、ダルマともいいますね。

保江　仏教でいう「法＝ダルマ」ですね。

H社　それに近いです。

保江　神智学協会を創設したウクライナ出身の近代神智学者、ヘレナ・P・ブラヴァツキーは、東洋の思想に基づいて神の智を西洋に紹介し、それを神智学として伝えました。
その神智学に基づいてキリスト教を再解釈したのが、グノーシス派です。

H社　それが新約聖書外典（＊キリスト教関係の文書の中で、聖書の正典とされる『旧約聖書』39巻、『新約聖書』27巻以外の文書のこと）に当たるんですね。

保江　グノーシス派にとってはそうです。

H社　そのときに、仏教の思想が入り込んだわけですね。

保江　そのとおりです。

H社　そこでつながりました。

保江　そういう理由で、僕はカトリックの中ではグノーシス派が一番しっくりくるのです。
でも、まさかそのグノーシス派に、「オリオン方面の異星人が地球にやってきた」というい
い伝えがあったとは驚きです。

T社　実は、それを勉強しようと思って、グノーシスの古文書の資料を取り寄せているところ
です。
アイクは、「古文書を読んだが、これこそ我が意を得たり」と、自分の考えとの共通点を書
かれています。
そういう意味では、昔から知っている人はいたわけですね。
私自身は、いまは技術よりも精神が重要だと思っています。
やはり、異星人と地球人はものの捉え方・考え方が全然違っていて、ある最低レベルに到達
しないと、地球人はいまの状態から脱却できないのではないでしょうか。
そして、そこに到達しない限り、地球には未来がないかもしれません。

ＵＦＯに吸い上げられ難病を治療された男性

保江　よくわかりました、ありがとうございます。いまのお話を受けて、Ｈ社さんの忌憚のないご意見をお聞かせください。

Ｈ社　先ほども少し触れましたが、宇宙人には卓越した科学力があります。

保江　だから、地球に来られるわけですよね。

Ｈ社　彼らは、わざわざ地球人を自分たちの星に連れていく必要はありません。地球にいながらにして、自分たちの星の状態を見せることができるからです。おそらく、直接、脳に働きかけているのだと思います。

保江　その星へ行ったつもりにさせるわけですね。

Ｈ社　そうです。

保江　でも、ＵＦＯの内部に入った人はいるのでしょう？

Ｈ社　身体の構造などを調べられた可能性はあったかもしれません。けれど、現実的にそれが宇宙人にとってプラスになるかどうか……。

保江　あまり得策ではないですね。無駄なことのような気がします。

Ｈ社　そうですよね。
それから、地球上にはいろんなウイルスや菌がいます。それが自分の星に持ち込まれた場合、対応できるワクチンがあるでしょうか。人間とは身体の構造が全然違いますからね。
誘拐されて他の星に行ったという話は、私にはとても現実的とは思えないのです。

保江　なるほど。確かにそうですね。
ＵＦＯに乗り込む前に、完全にクリーニングされたという話は聞かないですし。

H社　実際に乗せるのであれば、感染対策が必要でしょう。
そう考えると、優れた科学技術があれば、当然バーチャルな見せ方をするだろうと思います。

保江　教わったこと、見せられたことは真実でしょうが、その体験自体はＵＦＯの中で行われたのであって、あとはバーチャルである可能性が高い。

でも、非常に貴重なことを教わっているのは確かでしょう。

この考えは説得力があるし、一般の方々にも受け入れられやすいかもしれません。

H社　科学が発達すれば、情報を集めるにも、より楽な方法を選ぶでしょうから。

保江　ＵＦＯに乗った人は、体内に何かを埋め込まれたり、特殊な能力を持つようになることも多いと聞きます。

僕の知り合いに、ＵＦＯの内部で病気を治してもらった人がいます。営林署に勤める50代後半の男性です。

彼は循環器系の難病を抱えていて、「もう長くない」と医者に宣告されました。

ある晩、自宅の上空にＵＦＯが突然現れて、この男性は吸い上げられたのです。

本人は、自分の身に何が起こっているのかにまったく気づきません。そのとき、酔っ払った幼友達がたまたま彼の自宅前を自転車で通りかかりました。

ふと上を見上げると、空中にＵＦＯが静止しているではありませんか。びっくりして眺めていると、屋根の上からその男性が横たわったままスーッとＵＦＯの中に吸い上げられているところです。

酔いは吹っ飛び、彼は大急ぎで自分の家に逃げ帰り布団に潜り込んだそうです。

後日、その幼友達に会った男性は、

「あの夜、お前はＵＦＯに吸い上げられていたんだぞ。大丈夫か？」といわれ、初めて気づいたのです。

男性自身、その晩の記憶が曖昧なまま、ずっと疑問に感じていたところでしたが、幼友達の指摘に、「そうだったのか！」と腑に落ちたわけです。

その夜の記憶には断片的に怖い場面が残っていて、自分の身に迫りつつあった何かへ向かって、「やめてくれ！」と必死に叫んだそうです。最後には、左耳に何かを埋め込まれた覚えがあったとか。

ところが、その出来事が起こったあと、病院で検査するたびに病状が改善していったのです。治療法もなく何も処置していないにもかかわらず、数値がどんどんよくなっている。

「何をやったのですか?」と医者に驚かれたそうですが、真実を話すわけにはいかないので、適当にごまかしながら現在に至っていると。

いま、彼はピンピンしていますよ。

H社 心臓が悪いのですか?

保江 心臓を含む循環器系の、非常に珍しい難病です。

半年に1回くらい、左耳が猛烈に痛み出血するらしいのですが、宇宙人に埋め込まれたものが機能しているせいだとは知りませんでした。

記憶があまりに恐ろしかったので、誰にも話せないのです。

ところが僕とは波長が合ったのか、一緒に山登りしたときにその話をしてくれました。

そこで僕が、

「UFOにさらわれて治療してもらったケースは、アメリカではよくあるようですよ。地球上では治療法がまだ見つかっていない病気を、どういうわけか宇宙人が治療してくれるのです。

あなたもきっとそうじゃないですか」といった途端、それまで沈んでいた彼の表情がパッと明るくなりました。

その後しばらくして、彼からまた電話がかかってきました。

僕に打ち明けた日から、夜、電気を消して眠れるようになったとのこと。

再びＵＦＯにさらわれるのではないかという恐怖心から、それまでは毎晩、電気をつけたまま就寝していたそうです。でも、それが治療だったと知って安心したのでしょう。

その一方で、彼の身に厄介なことが起きるようになりました。

頻繁にＵＦＯを目撃するようになり、自分の１メートル以内に入った人間の気持ちが手に取るようにわかるようになったのです。

これは、何とも辛いことです。表面では親切なことをいっても、腹の中は悪意を抱いていることなどがすぐにわかってしまうからです。

結局、彼は職場に、

「できるだけ、人がいない場所で働かせてください」と頼み込み、人と接触することのない山奥を車で巡回するという仕事に変えてもらいました。

ある日、彼が山奥を走っていたところ、前方を走っていた車が猫をひいてしまったのです。

そのまま一度は通り過ぎたものの、やはり営林署の人間として死んだ猫を放置するべきではないと引き返しました。

荷台からスコップとダンボール箱を取り出して、その猫に近づいたのです。

ところが、猫はまだ生きていて、男性は猫の心を瞬時に理解したそうです。

犬は人間に近い感情を持っているようですが、猫は違いました。

その猫は自分に何が起きたかを理解できず、車にひかれるという概念も死ぬという概念もないため、ひたすら、

「くそったれ、何がどうなっているんだ！　なんでこんなことになったんだ！」と、わめくばかりだったとか。

それで彼は、猫というのは思考が単純で、イチ・ゼロの反射的な行動の延長でしか生きていない生き物だと思ったそうです。

ところで、彼はなぜそういう能力を植え付けられたのでしょうか？

別に、彼が欲した能力ではありません。人間の能力を通常レベルから一気に高めるのが、地球に来ている異星人たちの役目なのかもしれません。

もちろん、病気治療を目的とする場合もあるかもしれませんが……。

僕の周りには、ＵＦＯにさらわれ何かをされた体験を持つ人間が何人もいます。僕一人でさえ何人も知っているわけですから、世の中にはそんな体験者がたくさんいるはずです。中には、本人の自覚がないまま操作されている人がいるかもしれません。

H社　僕は残念ながら、そういう経験はないですね。

いまのお話を聞くと、宇宙人は普段から地上に紛れ込んで行動しているのだろうと思います。さもなければ、実験の対象者を特定できないでしょう。

だから、なんらかの情報を提供する存在がいて、治療をしたということになります。

保江　そうでないと、彼が難病を抱えている事実がわからないですものね。

H社　しかも、その方の住まいまで特定しているわけですから、ある程度の情報を基に狙いを定めたと思います。情報を伝達するメッセンジャー的な存在がいるのでしょう。

保江　なるほどね。そのメッセンジャーというのは、宇宙人のドロイドかもしれません。科学技術のレベルがはるかに進んでいるはずだから、日本人の標準的な容姿と動作パターンを忠実に再現できるドロイドがいるとも考えられます。
　我々の日常生活に入り込んで情報を収集することは、当然可能でしょうね。

アメリカ人の半分は宇宙人との混血？

H社　昔の情報をアップしているYouTube系のサイトを見ていたら、嘘《うそ》か本当かはわかりませんが、アメリカ人の半分は、宇宙人が地球人と結婚して子を成した、その子孫だと主張していました。染色体とかDNAが宇宙人由来なのかという疑問は残りますけれども。

保江　ハイブリッドというやつですね。

H社　そうですね。まあ、そこまでは極端ではないですが、似たような内容の『メン・イン・

ブラック』というアメリカ映画がありました。あんなふうに、人間の世界に溶け込んでしまっている可能性はあるのかもしれないですね。

いろんな映画やアニメを見ていて本当にすごいなと思うのは、宇宙人の技術に関する情報をかなり正確に伝えていることです。

例えば、『宇宙戦艦ヤマト』でびっくりしたのは、３Dレーザーを使っていることです。核融合の機体を使って、「これは波動エンジンだ」といっていました。

確かに、そうした未来があるのかもしれないと思えますし、大きく外していないところに感心します。

保江　本当に、映画は外していないですね。

H社　『スター・ウォーズ』に始まり、未来を予見するネットワークを介して、宇宙や衛星の状況が描かれています、まさしく、今日の状態のような……。まるで、何者かが事前に映画関係者に情報を与えたかのように思えます。

保江　そういう話もあります。

他にも、映画というメディアを、世界に向けて徐々に異星人の存在を知らしめる道具として利用しているという話も聞きます。

先ほどの、アメリカ人の半分ぐらいがすでに異星人との混血だという話で思い出しましたが、確かに僕もアメリカ人にはある違和感を抱いています。

どういう違和感かというと、ヨーロッパ人や日本人は割と繊細で、どこにでも簡単に寝られるような神経はあまり持っていません。

初めての場所を訪れるには、それなりに準備するし、到着すれば少し気を張って警戒もします。

でも、アメリカ人はどこであろうがコロッと寝つく人が多いですよね。

例えば、車で大陸横断中に、モーテルがないような場所でもパーキングに駐車して、後部座席でぐっすり寝てしまう。あの無頓着さは、僕らにはとても真似できません。

H社　年に1回は必ず旅行しないと気がすまない人種ですからね。いろんな場所に行って、キャンプ場などで家族とともに過ごします。

保江　世界中を巡って見聞を広めることが大好きで、いつどこででも、昼間の衣服のまま寝て、翌朝起きて旅を続ける。風呂に入らなくてもお構いなし。

日本人である僕から見ると、彼らは異質です。

Ｈ社　聞くところによると、ほとんどのアメリカ人は寝る前に風呂に入らないそうです。布団が汚れるのもへっちゃら。朝、シャワーを浴びるだけでいいというのです。不思議な人種だなと思いました。

保江　彼らの半分がすでに宇宙人とのハイブリッド、つまりドロイドで、地球探査のために送り込まれた人たちの子孫と考えれば、合点がいきます。衛生観念が希薄なのでしょう。

Ｈ社　たまにテレビでパジャマに着替えているシーンを見かけますが、普通は着替えません。パンツ一丁で寝るのが当たり前なんです。

保江　靴を履いたままベッドに横たわったり。

H社　それも普通ですね。

保江　西部開拓時代なんて、もっとひどいものでした。

もともとアメリカ人というのは、17世紀の半ばにイギリスで起こった、新教徒革命でアメリカ大陸へ逃げてきたピューリタンです。

大陸に移住した当初は少数だったので、その頃からUFOに捕まってドロイド化が進められたのではないでしょうか。

他の星からドロイドを運んだり、地球上でバイオテクノロジーを使ってドロイドを作るよりも、人間を代わりに使うほうが手っ取り早い。

4世紀近くも前から、そういう壮大な実験がアメリカ大陸で行われていたとすると、アメリカ人のほとんどがドロイド的な行動をとるのも理解できます。

H社　毎年、何百万人の不法移民を受け入れる国ですからね。

保江　文句をいいつつ、どんどん受け入れます。

H社　前大統領のトランプが資材をかけて作った壁が取り壊されましたが、それでもまだアメリカという国が崩れないのはすごいです。

保江　しかも、建国二百数十年で世界一の先進国になった。これもまた不思議な現象です。

1930、40年代までは、世界を牽引する最先端科学技術を有していたのはドイツやイギリスでした。1860年頃のマクスウェルの電磁気学とか、その後のボーアやシュレーディンガーによる量子力学は、すべてヨーロッパの学者による発見です。

当時、アメリカでその分野に寄与したのは二人だけです。

一人は、ロバート・ミリカンというノーベル賞を受賞した物理学者で、電子の電気素量（電荷）は常にある特定値の整数倍になっていると主張しました。それで、電子が存在しているのではないかと疑われ始めたのです。

しかし、ミリカンの実験ノートを見てみると、明確に電気素量の整数倍というわけでもありません。整数倍だなんて、とても発想できない程度の数値しか書かれていないのです。

ヨーロッパやアジアの国々よりもはるかに歴史の浅いアメリカの、学問がそれほど進んでいない状況において、ミリカンは、本当に見よう見まねで実験的なことをやりました。

そこで得た結論から、電気素量の整数倍といい始めたのです。それをすぐにヨーロッパの学会も受け入れて、それがだんだんと量子論という形になっていきます。

しかし、まだ西部劇の延長みたいなアメリカで、ミリカンが自分の頼りない実験データだけからそんな主張をできたとは思えません。

異星人たちは、アメリカという新大陸にやってくるヨーロッパ人に働きかけて、自分たちの知識に地球人が気づいたように見せかけて、実は教え込んでいる。

地球人類の科学技術のレベルをさらに高めるために、そのきっかけになるような事実に気づかせるというようなやり方……、つまり、リバーステクノロジーではなくダイレクトテクノロジーで、我々の文明に関与してきたのではないでしょうか。

自然科学の、特に物理学の原理法則を見つけた人たちの状況を見ると、我々の文明は異星人の恩恵にあずかっているようにも思えます。

H社　ニコラ・テスラの頃の科学者たちは、同時代に発生して、かつユダヤ人です。そこがポイントかと思います。

保江　そう、ユダヤ人が多いですね。しかも、同時代に。

H社　そのあたりで何かあったのかもしれません。いまのアメリカを支配しているのは、ユダヤ人、ディープステート（＊影の政府）ですね。

T社　ユダヤ人の間では、どこかで宇宙人と接触があったような話が伝えられているのでしょうか。タルムード（＊モーセが伝えたもう一つの律法とされる「口伝律法」を収めた文書群）に書かれているとか。

いまのハリウッド映画は、ユダヤ人がほぼ100％コントロールしています。

そして、彼らは宇宙人が登場する映画を何作も製作しているのです。

H社　そうなんです。だからユダヤ人の意思がかなり入っていると考えられます。

そうなると、ドイツともいろいろとつながってくるのです。

宇宙の壮大な情報場からいかに情報を得るか？

保江　日本にも日ユ同祖論という、「日本人は、昔失われたユダヤの十支族の末裔だ」という説もあります。それぞれのDNAを調べると、確かにそれを裏付けるYAP遺伝子が存在するともいわれています。

ユダヤ人が異星人と何度もコンタクトしたのであれば、日本人も同じような状況にあるのでしょうか。

H社　日本人の起源をDNAで調べた研究発表があり、結果はチベット人とほぼ一緒でした。日本人の起源は、縄文人ですね。チベットも、昔からいろいろとあるところらしいですから、興味深いことです。

保江　『オスカー・マゴッチの宇宙船操縦記』（明窓出版）によると、マゴッチは最初にカナダのオンタリオ湖付近でUFOと遭遇し、乗せてもらったそうです。

地球上の場所を思い描いたらそこに飛んでいってくれたりなど、とてつもない体験をするうち、思い浮かべてもいないチベットの山の上に移動したというのです。

普通の人は登れないような山頂に着陸して、宇宙船のハッチが開きました。外に出ようか迷っていたところ、遠くから松明《たいまつ》を持ったチベット僧のような人々がやってきて、宇宙船の中に毛皮の衣装の束が放り込まれました。見ると、みんながそれを着ています。

「これを着ろということか」と気づいたマゴッチは、それを着て外へ出るのです。

すると、彼らはマゴッチをチベットのラマ教の寺院に連れていきました。読経が聞こえる中、チベット僧たちの沈黙のもてなしが何時間も続きましたが、それが終わったとき、マゴッチは今までにないほど活力に満ち、自分の存在全体が高度の状態へと変貌を遂げたことに気づきます。

その後、案内役の老僧が、マゴッチが乗ったUFOが着陸した場所に連れていってくれました。それで、マゴッチは毛皮の服を返してUFOに乗り込み、次元移動を完了してついに異星にたどり着くのです。

『オスカー・マゴッチの宇宙船搭乗記』はパート1と2の2巻がありますが、その内容にはすごいものがあります。

実は、僕はその本を読んだときから疑問を感じていました。

異星に連れていくのなら、ＵＦＯの加速度に耐えられるように宇宙飛行士が行うような訓練をさせ、食べ物を制限して体質を変えるなどが普通でしょう。

それがなぜ、チベットのラマ教の寺院で修行をさせたのでしょうか。

先ほどおっしゃったように、ＵＦＯが物理的にその星まで飛ぶのではなく、バーチャルな技術で実際に行ったと疑似体験させるのであれば、まずはラマ教の修行で意識を変容状態にする必要があったのかもしれません。そう考えると、一番しっくりきます。

しかも、ラマ教のお坊さんたちは、ＵＦＯから降りてきた人間はそこで修行させなければいけないとわかっているわけです。

つまり、ラマ教の僧侶と宇宙人との間に意思の疎通があることは、確かなようですね。

僕の友達が運ばれて治療してもらったという例があるように、情報担当で外交官的な仕事をする宇宙人か、ドロイドがいるはずなのです。

Ｔ社　先ほどの、宇宙人が情報を教えたんじゃないかというミリカンの話もありますしね。

そうしたコンタクティものを読んでいると、この宇宙空間というのは一つの情報場だということが、大きなテーマになっているケースが多いですね。

だから、それをキャッチできるかどうかが鍵のように思えるのです。

保江　まさに、グノーシス派のアカシックレコードみたいなものでしょう。

T社　そういう感じでしょうね。こんな内容の異星人関連の本が何冊かあったと思います。

保江　必ずしもその異星人が独自に持っている情報ではなく、この宇宙にすでに備わっている情報というわけですね。

T社　宇宙の仕組みのようなものがあると思うんです。いわゆる下等人類と上類人類というのは、情報のキャッチ能力の違いで分けられるのではないでしょうか。

保江　なるほど。

T社　ジョージ・アダムスキーなどは、「自分の心に浮かんだものは必ず実現する。なぜならば、そういうものをキャッチしたから自分が感じるのである。自ら思いついたと我々は思っているが、そうではない」と書いています。

保江 自分の思いつきではなく、すでにこの宇宙空間の性質として、膨大な情報がすでに存在しているのだと。

T社 すなわち、情報場といってもいいでしょう。

保江 その気になれば、誰でもそこから天啓のように貴重な情報を得ることができるというのですね。

T社 その一つの事例として、よく「法則を見つけた」といいますが、普通、論理的には見つからないものです。

ですから、それを追求しているプロセスにおいて「閃く」ことこそが、宇宙の情報場から情報を受け取った一つの証だと説かれています。

保江 しかも、その手の情報を得るとき、つまり天啓に打たれたときというのは、心身が安定していない場合が多いのです。

フランスの数学者アンリ・ポアンカレの話が有名で、彼が数学の新理論を閃いたとき、ローカルな小さい戦争中で、兵士として夜間の警戒にあたっていました。

見回りを終えて疲れ切ったポアンカレは宿舎に戻ったのですが、寝台で眠りに落ちるときに、数学のすごい新理論を思いついたというのです。

そういうことは、確かにあるわけですよ。

チベットのラマ教の寺院で1週間修行すれば、天啓に打たれやすくなるという理屈はわかりますね。心身が、おそらくそのような状態になるのでしょう。

意識が不安定な状態の人間に宇宙のメカニズムを使えば、あたかも本当にUFOに乗って星を訪れたと疑似体験させることができるのかもしれません。

結局、宇宙の構造、UFO・宇宙人、グノーシス派のスピリチュアル的要素などのいわゆるオカルトは、すべて共通する話ではないかと思えるのです。

T社　グノーシス派は宗教的、神秘的なものとしてそれを捉えて、理解しようとしてきたのでしょう。

でも、実際には事実そのものだった。

しかし、その時代の人類の知的レベルからすれば、理屈をいっても理解できないだろうから、伝道師を使ったほうが情報を広められると判断したのではないか、という考え方があります。

だからアダムスキーは、

「いまある宗教というのは全部ニセモノだ。それを伝えた人間が金勘定でやっているだけだ」と書いています。私はそれを読んで、納得しました。

結局、いまの人類のセンサー能力は、異星人よりもはるかに落ちます。知的レベルがもっと上がればセンサー能力も上がり、宇宙の当たり前の姿として捉えられる。

例えば、宇宙人は音の可聴域が高いとか、可視域ももっと広くていろいろなものが見える、いまの人類にはキャッチできないものをキャッチできるという、肉体的なレベル差というのがあって、そこが人類の課題になっているのかもしれないと、最近は思うのです。

天啓とは宇宙空間の情報をキャッチした証

保江　現代の自然科学全般についていえるのは、閃きとか天啓によって生まれた理論であったり、ヨーロッパ発祥のものが多いということです。アメリカの科学者の貢献度が上がったのは、もっと近年になってからでしょう。日本人のノーベル物理学賞受賞者も増えてきました。

湯川秀樹先生は、夜寝ているときに雷で目が覚め、その瞬間に中間子理論のアイデアが頭に浮かんで、すぐに紙に書き留めたそうです。

湯川先生の京大時代の師である数学者、岡潔《おかきよし》先生は、とにかくよく昼寝をする方でした。布団で寝ている間に、数学の世界で遊ぶのです。

夢の中で多変数複素関数論につながるさまざまな定理を発見し、目覚めると同時に紙に書き留め、それらをつなぎ合わせてすごい大理論を作り上げたといわれています。

このように、日本には天啓に打たれた人たちがたくさんいます。特に日本人というのは、そういう民族です。

ドイツのライプニッツとイギリスのニュートンは17～18世紀のほぼ同時代に生きた科学者で

微分積分を考案しましたが、それより早い時期に日本には和算があり、そこには微分積分法に相当する概念があったのです。

世界的に知られていなかっただけで、日本人は早くから高等数学の知識を体系的に持っていたわけです。

でもいったいなぜ、そんなものが存在したのか……。

伊能忠敬が日本全土を歩いて測量し、地図を作ったのは19世紀に入ってからで、微分積分の概念が必要になるほど、日本の文化レベルは進んでいませんでした。

しかし、数学や天文学で暦を作る点に関しては、日本人はヨーロッパ人が驚くような理論を駆使して暦を完成させていたのです。

そういうものを個々の日本人が、独学だけで突き止めたとは非常に考えにくい。

科学知識が集まるヨーロッパには、キリスト教関連の資料も豊富にあるし、イスラムの航海術なども たくさん残っています。そういう環境であれば、科学の新理論が自然に生まれても不思議はないのですが、日本人がいかに理論に長けた民族であっても、当時の日本には世界に先駆けるような技術はありませんでした。

やはり、チベットと日本だけにあるという縄文のDNA、YAP遺伝子が関係しているのでしょうか。
チベットは、宇宙人との接触において重要な役割を果たす場所だということですね。
つまり、チベット人と同じように、日本人も宇宙人とのつながりが深い民族だったのではないでしょうか。

H社　先ほどのチベット山頂の話を聞いてふと思い出したのですが、確かチベットにはイエスが使った聖杯があるんですよね。チベットは、聖杯を作る所だったと記憶しています。

保江　映画でも、そうなっています。

H社　私も何かの書物で読んだ記憶があります。
その書物にはイルミナティが出てくるのですが、私はそちらの世界はあまり勉強していないんです。

イルミナティにつながる光明思想と、グノーシス派思想の共通点

保江　イルミナティはもともとラテン語で、「光に照らされたもの」という意味です。日本語では「光明結社」といわれています。

実は、この光明思想は、ローマ時代の光明神アポロンへの信仰が発端になっています。キリスト教がローマ帝国の国教になったときに、今度はマリア信仰が広まりました。

そのマリア信仰が中近東に伝わって、最高神としてアフラ・マズダーを崇拝する拝火教（ゾロアスター教）になり、チベットに伝播してチベット密教になったのです。

イエス・キリストはインドの北部まで足を延ばしているようです。現地にはキリストの肖像画が残っていると報道されたこともあります。

チベットはインドのすぐ北ですから、ひょっとするとキリストはチベットまで行ったのかもしれません。

そうすると、キリストはチベットで、すでに光明思想を得ていたかもしれません。

イエスはもともと光明思想に通じていて、それを教えとして広めたのです。

その後、チベットから、中国と東南アジアを経て日本にも入ってきました。

日本の仏教のいろんな宗派の人たちの中で、光明思想に帰依する人たちが秘密裏に集まって、光明派というものを作ったのです。

だから真言宗にも光明派はいるし、日蓮宗、浄土真宗、浄土宗にもいます。

もちろん皆さん表立ってはいいませんが、そのうちの一人で、浄土宗の光明派のお坊さんだった方が、山本空外和尚《くうがいおしょう》です。

湯川先生も岡潔先生も、山本和尚の弟子なのです。

光明思想は、グノーシス派の思想とほぼ同じです。

先ほどのグノーシスの説明のときにはあえて言及しませんでしたが、実はそういうことなのです。

あのあたりは全部つながっていて、ダルマの思想と関連してきます。そうすると、縄文の思想がキリスト教に影響を与えたとも考えられるのです。

イエス・キリストが20代の頃に、秋田まで勉強に来たという説があって、その頃の日本は弥生時代でしたが、1万2000年もの間続いた縄文時代の思想が維持されていました。

キリストは縄文の「汝の敵を愛せよ」という教えを持ち帰り、ユダヤ教にその愛の思想を取り入れ、キリスト教が創始されたと主張する人もいます。
これは縄文のDNAが、グノーシスや光明思想に伝わり、UFO・異星人までつながったとも考えられます。「縄文」は、一つの重要なキーワードです。

なぜ縄文が、UFO・異星人との接点における一番大きなファクターになっているのか。僕の妄想になりますが、縄文人というのは純粋で、当時の人類の中では異端的な存在であり、どちらかというと異星人に近かったのではないかと思うのです。

一説には、レムリアやムー大陸が沈んだときの生き残りが、縄文人だといわれています。
そう考えると、縄文人は生来の人類ではなくて、地球に暮らしていた異星人だったのではないかと思えてくるのです。
縄文の土偶は、宇宙服に似ているといわれていますね。

T社　縄文人で南米に行った人たちがいたという話がありますが、その可能性を考えると、その人たちは、宇宙人とかなり近しい関係にあったと思います。宇宙に関するいろいろなことを、昔から伝え聞いていたのでしょう。

いまのお話をうかがって、宇宙人だったかどうかは別にして、縄文人は宇宙の理《ことわり》を最初に告げられた人間だったかもしれないと思うのです。

保江　縄文人は知的レベルの高い人類で、宇宙に折り込まれている情報をキャッチすることができたという。

Ｔ社　そんなことがあってもいいのではないでしょうか。

保江　その名残があるのが、チベット人および日本人ということですね。なんとなくわかる気がします。

Ｔ社　欧州の人種の起源については不勉強ですが、少なくとも縄文人は自然を大切にする文化を持っていました。日本人的ともいえる、見えないものに支えられているというような感覚は、縄文時代からあったという気はしているのです。

それが、いまの日本の神社仏閣の雰囲気や、その場を連綿と大事にしてきた日本人の文化につながるのではないか、というのが私の一つの想定です。

世界的に見ると、見えないものを生活の中に感じられる民族というのは、稀少だと思うのです。

保江　そうですね。

T社　私は、日本にはもともと宗教がないと考えています。海外の宗教に共通するのは、人と神との契約です。それは、人間同士の契約と変わりません。

でも、日本には当然そんなものはなく、見えない存在に支えられた社会の中で生きている。「お天道様」がよい例です。いまはそういう感覚が薄れているかもしれませんが、昔は悪いことをしたらお天道様が見ていて、「罰《ばち》が当たる」とされていました。

だから、隠れて悪いことをしようとする人は少なかったのではないでしょうか。

私は唯物論・唯物史観がこの世界を変えたのではないかと思っていて、そういうことを研究してみたいのです。

「なぜそんなことをいう人が出てきて、なぜ世界をそのような形にしていったのか」

その裏には、おそらく何か仕掛けがあったような気がするのです。

独裁政治と宗教の類似性

保江　そうですね。唯物論を広めることで最初に実現できるのは、教会の排除ですね。だからロシア正教の教会をことごとく潰したソビエト革命は、まさに唯物論的社会主義、共産主義を生み出しました。

ロシア皇帝の力を徹底的に排除したかった革命家たちは、ロシア正教をなくそうとしていたのです。

例えば、旧ソビエト連邦の唯物史観は、宗教をずっと貶《おとし》めていました。

唯物論を主眼において社会主義・共産主義を広めた国は、現在も数ヶ国ありますが、どこも独裁政治型で市民を抑圧しています。

結局は、宗教が主導していた頃とほとんど変わりません。看板が変わっただけで、中身は同じ。神様を崇める代わりにお金を崇める拝金主義だったりします。

キリスト教も仏教も、歳月の流れとともにだんだん拝金主義になっていき、神様や仏様の代わりにお金を崇めるようになります。

おそらく人類は、箍《たが》が弛むと拝金主義に走るのです。それを締めるために、宗教というものを宇宙人が仕込んだのかもしれないと思いませんか。

2003年に勃発したイラク戦争では、イラクのサダム・フセイン大統領を処刑して政権を潰しましたが、その影響でイラクは大混乱に陥り、いろいろなテロリスト団の温床となってしまいました。

大統領がいれば抑え込めたはずですが、アメリカの「イラクは大量破壊兵器を隠している」という情報に踊らされ、フセインを拘束して裁判にかけ、絞首刑にしました。

しかし、いざ蓋を開けてみたら大量破壊兵器など、どこにも存在していませんでした。

そして、イスラム原理主義の連中を抑えていたフセインが死んだことで、イラク社会は混沌とした状態になり、結果的にイラクで育ったテロリストが9．11事件を引き起こし、世界に衝撃が走ったのです。

つまり、サダム・フセインという独裁政治型の大ボスがいたから、イスラム原理主義を抑えることができていたわけです。

このように、独裁政治と宗教は、似たような役割を果たしていたのです。コントロールする存在がいないと、人類は好き勝手な行動に走るので、紛争・戦争が絶えません。平気で食糧やエネルギー、女性を奪い合ったりします。いまだにダメな人種ばかりです。それに比べ、縄文人は、放っておいても平和と調和を重んじながら暮らせるまれな人種でした。宇宙に刷り込まれた情報へ瞬時にアクセスできる民族であり、日本人はつまり、その末裔なのです。

ですから、いまの日本社会に生きる人々は、もう少し気づくべきです。テレビやスマホばかり見ていないで、宇宙に刷り込まれた情報を自然に受け取ることができる状態に戻ったほうがいいと。

その手助けをしてくれる異星人がいて、日本人を助けたり、これはと思う欧米人をチベットに連れていってくれたりします。

あのウクライナ戦争についても、どうでしょう。本当にプーチンの野望に原因があるのか、あるいはゼレンスキーと、副大統領時代からウクライナに肩入れしてきたアメリカのバイデン大統領の思惑の結果なのか。

または、この三者が裏で手を握り合い、ＥＵやＮＡＴＯを牛耳ろうと画策しているのか。

あの戦争で儲けているのはアメリカの兵器産業だけで、死者を出しているのはウクライナとロシアです。アメリカは高みの見物をしながら、金儲けに余念がありません。

それまでのアメリカは、ベトナム戦争、湾岸戦争、イラク戦争などで血と涙を流してきました。メリットなど、ほとんどなかったはずです。

しかし、今回ほど、アメリカが濡れ手に粟の思いをできる戦争はありません。アメリカが黒幕として暗躍する状態が、すでに何年も続いています。

もし、宇宙人が人類の歴史に関与しているのだとしたら、いまの状況をなぜこのまま放置しておくのかが不思議なのです。もう少し積極的に割り込んできてくれてもいいのに、表立った動きは見えないでしょう。

このまま放っておいても心配ないという意味なのか、人類は一度行きつくところまで行かないとダメだと思っているのか。

火星ではその昔に核戦争があったために、地表が荒廃しているという説があります。それと同様に、まずロシアが核弾頭を撃ち込んで、ＥＵやアメリカが報復する核戦争に発展し、地球が荒廃してしまうという未来があるのか。

非常に暗い話になりますが、いまも継続しているウクライナ戦争に、異星人がどのように関与するのかなど、お二方のお考えをお聞きしたいと思います。

Ｔ社　だんだんと具体的な話になってきましたね。

Ｈ社　現実的な話ですね。

パート2　地球人と宇宙人のレベルの違いとは？

宇宙種族として受け入れてもらえない地球人

T社　私が最近考えているのは、例えばこのまま我々地球人が宇宙の種族というか、銀河連邦の一員になったときに、はたして近隣惑星の異星人はどう思うだろうかということです。

自分たちの星でさえ平和に治めることができない我々を、はたして受け入れるのかと考えたときに、おそらく受け入れないと思うのです。

保江　そうですね。

T社　そういう視点で見ると、地球に掟《おきて》みたいなものがあるように、例えば、資本主義や社会主義などの経済体制を一つの掟と考えると、宇宙には宇宙の掟があるのです。

それはおそらく基本的なものでしょうが、先ほどの情報場のようなものも、宇宙の仕組みの一つと思います。

掟というか理の中で、おそらく惑星から飛び出るときに宇宙に迎えられる条件というのがあって、そこまでは自らの力で成長する必要があるのではないだろうかと推測しているのです。

もちろん、０か１００かの世界ではありませんから、多少は関与し、高い意識のある人間にはアクセスして情報を授けることもあるでしょう。ですが、それを全員に与えるようなことにはならないでしょう。

なぜなら、それではまた地球人が愚かなことを繰り返すからです。

コンタクティについての本を読むと、「我々もいまの地球と同じような時代を経た」と書かれていることがあります。「その時代を乗り越え、初めて宇宙の一員になれた」と。

だからウクライナ問題で、悪い異星人が背後で糸を引いているという話を否定はしませんが、大半の異星人は世界を見守っているだけだ、と私は思います。

ただし、核の話になると、それは地球以外にも影響を及ぼすので、介入してそれを止めたことがあったかもしれません。

宇宙民族の一員になるためには、たぶん二つの条件があって、一つは宇宙航行の技術、もう一つは他者へ貢献していく、利他的な行動や気持ちでしょうか。

保江　気持ちも大事ですね。

T社　コンタクティ本で語られていることによると、宇宙にはいわゆる創造主がいるそうです。

創造主は何をしているかというと、宇宙をとおして「創造」をしている。

そして、ある一定のレベルに達した人間は、創造のプロジェクトを手伝うみたいなんです。だから人類も、「創造」することに対してパッションが湧くようにならないと、宇宙民族としてはなかなか認めてもらえないのではないでしょうか。

お金とか権力より、自らを創造するようになって初めて、受け入れてもらえるのかな、というのが現時点での答えです。


保江　以前、岡山に畑田天眞如《はただてんしんにょ》というおばあさんがいました。もう亡くなられましたが、鞍馬山で修行した阿闍梨《あじゃり》です。

この方は、京都大学岡山天文台がある遙照山《ようしょうざん》のすぐ近くの阿部山の上に、「天真如教苑」という宗教法人を創りました。

平安時代に陰陽師の安倍晴明《あべのせいめい》が天体観測に来たと伝わる場所で、畑田さんは飛んでくるUFOによく呼びかけていたそうです。


「あなた、そんなところを飛んでいないで、みんなの前に降りておいでよ」

「私たちは、まだ皆さんの前に降りていくことはできません」

「じゃあ、いつ来てくれるの」

「あなたがた人間の、少なくとも過半数が互いに争うことをやめる日が来るまで、私たちは皆さんの前に現れることはできません」

畑田さんは、ＵＦＯ側とこんな会話を交わしたそうです。

Ｔ社さんがおっしゃったこともそれに近いし、そういう取り決めが異星人の世界にはあるのかもしれませんね。

利他の心を説いた時に見えたイルミナティ

Ｔ社　ＵＦＯから少し離れますが、「人の思い」というのは一つの波動だといいます。殺し合いのときの波動と、世界を平和にしていこうというときの波動は、やはり全然違うようです。

そういうことを研究した米国の心理学者がいましたね。デヴィッド・ホーキンズ博士（Dr. David Hawkins　１９１３年～２００２年）です。

それが本当であれば、その波動は異星人には見えると思うのです。

だから、波動が高くならないと、彼らは寄ってこないのではないでしょうか。

逆に、波動が低い所は危ないので、普通の異星人は通り過ぎると思うんです。いま地球の周りにいる異星人は、おそらくこの地球というものになんらかの関係があって、それなりに行く末を心配してくれていると思います。

だからといって、宇宙の法を破ってまで地球人類の波動のレベルを引き上げるということは、おそらくしないでしょう。「それは、地球人自身の課題だ」と。

いろいろ考えると、地球上に存在するさまざまな人種や、それを取り巻く厳しい環境を作ったのは、異星人だろうという気がします。

「ある意味、修練の場としてはこれ以上のものはない」と指摘する本もありますね。

近頃の戦争とか自然災害を見ると、人類はこのままいったん谷底まで落ちて、そこからはい上がっていくしかないのかな、とも感じます。

保江　T社さんが、「宇宙民族の一員になるためには、他者へ貢献していく、利他的な行動や気持ちが必要」と話されたとき、実は不思議なものが見えたのです。

Ｔ社さんのいわゆるオーラというか後光がわっと金色に光り、「いったい、これは何だろう」と思いながら、僕はずっと首をかしげて見ていました。

ところが、その話題から離れた瞬間にそれが消えたのです。

やはり、そういう人類の善の本質について語るときには、光明（イルミナティ）が現れるものなのでしょうか？

Ｔ社　物理の先生には釈迦に説法となり大変失礼な話ですが、基本的に物というのは存在せず、すべて波動でしょう。

もしかしたら、私は何かと共振したのではないかと思います。そういう気持ちで話していたからです。

保江　やはりそうでしたか。いま、また見えています。さっきより上のほうまで見えるようになりました。

共振して何かとつながったせいか、先ほどより鮮明です。いま、まただんだん小さくなっていますね。

T社　そういうものが見える先生が羨ましいです。

保江　いやいや、実は、今日初めて見えたのです。僕のほうがびっくりしました。

T社　えっ、そうなのですか。

保江　一度見てみたいなと思っていて、オーラが見られるようになる本を読んだことがあります。

空手家の柳川昌弘先生が出版された、『あなたにもオーラが見える ― 簡単にできる速観トレーニング術』（ベストセラーズ）という本です。この本を読んで、僕も少し練習しましたが、まったく見えるようになりませんでした。

ところが、先ほどは急に見えたのです。

仏像の背後にある光背のようなものではないのです。最初は小さくても、話の内容がクライマックスに近づくにつれ徐々に大きくなり、それと同時にお顔も穏やかになるのです。

いまは消えたように見えますが、もしかしたら消えていないのかもしれません。僕が頭を使いながらしゃべり始めたからかもしれません。

Ｔ社　少しじわっとした感じはしていました。

保江　やはりね。だから何かと関係しているのでしょうね。

Ｔ社　予定調和かもしれないですね。

保江　いま、また出てきました。僕のいわゆる第３の目の奥にも確かに何かがあるのを感じます。その何かが、自分の首の動きとはまったく無関係に動くのです。

今日はありがたい体験をさせていただきました。

Ｔ社　こちらこそ、ありがたいお話をうかがいました。

最強の空手家・柳川昌弘先生から学んだ心眼

保江　柳川昌弘先生とは、ご縁があります。空手の世界では最強とまでいわれた有名な方ですが、あの大山倍達氏みたいに俗っぽくない。

フルコンタクト空手ではなく、伝統空手の先生なんですが。小柄で、すでに80歳を過ぎています。

柳川先生のお弟子さんが、たまたま僕の名古屋の道場に稽古に来たとき、柳川先生がまとめられた私家本を置いていってくれました。

その内容は、オーラではなく、法華経の解説などでした。すごく良い内容なので、驚いてしまって……。法華経をこれほどわかりやすく書ける人に、一度会ってみたいと思いました。

それで、アポも取らずに、本の巻末にあった住所のご自宅を訪ねたのです。幸い、ご在宅だった上に、中へ招き入れてくださって本にサインまでしていただきました。

「ご本を読んで感動しました」と伝えて引き上げたのですが、あまりにも良い本だから、「私家本のままではもったいない。一般向けに流通できる本として出しませんか？」と明窓出版の社長さんに提案して、『よくわかる法華経』（明窓出版）というタイトルになって発刊されました。

柳川先生にも大変喜んでいただけて、お手伝いできたことが本当に嬉しかったです。

柳川先生が道場を持っておられるとは知っていたのですが、近所の子ども相手に教える程度だと思い込んでいました。

ところが、僕が紹介してその法華経の本を読んだ知り合いが、

「柳川昌弘って、あの柳川昌弘か？」と驚くわけです。空手を学んでいる彼が、

「世界最強の空手家だぞ。超有名だよ」というので調べてみたところ、確かにそのとおりでした。武道の専門誌にも載っていて。宮本武蔵も入っているような日本の歴代最強武術家の中にも入っていたのです。当たりの柔らかい、とても優しいおじいちゃんなのに……。

お弟子さんには、身長2メートルくらいもある大きな外国人もたくさんいます。それを1メートル60もないおじいちゃんが相手にするわけです。巨漢をバッタバッタと簡単に倒してしまう……。

外国人というのは、実際に倒されないと納得しませんからね。

また、柳川先生は裕福な家に生まれたそうですが、女中さんが赤ん坊だった柳川先生を抱っこしていたところ、虫の居所が悪かったのか石畳の上に投げつけたそうです。むずかる赤ん坊にイラッとしたのかもしれません。

頭を強打した後遺症が重くて、生きているのが不思議だと周りからいわれたそうです。ほとんど盲目になってしまい、いつも目の奥が痛んでいたというのです。

発達障害のまま成長して、大変な苦労がありました。当時の医学では打つ手もなく、どうにもならなかった。柳川先生は小学生の頃に、「このままではダメだ」と思い、空手を始められたわけです。

T社　自分の意志でですね。

保江　そうです。でも、誰も相手をしてくれないし、道場に行くわけでもない。自分で自分を鍛え上げて、空手以外にもいろんな工夫を重ねたそうです。そうやって、少しずつ人並みに近づいた。

視界はずっと霞んでいるままだったのですが、それでも初志を貫き努力した結果、気がついたら最強の空手家といわれるレベルにまで達していたのです。

雑誌に載った柳川先生のインタビュー記事を、読んだことがあります。

「その小柄な身体で相手の懐にさっと飛び込んで倒すのはわかりますが、よく見ると、あなたが触れる前に、その相手は倒れています。これは、どういうことですか？」と記者が質問していました。

確かに、柳川先生の拳が相手の身体に当たってもいないのに、相手は吹っ飛んでいく。

「自分の目はほとんど見えないが、光を感じることはできる。相手と対峙すると、空間に光る点が現れるので、そこへ蹴りを入れるか、拳や手刀を突き入れるかすると相手は倒れる。それ以上のことはわかりません」と、先生は答えていました。

相手によっては、身体の一部が光るときもあり、そこを攻撃するときはちゃんと当たるから実感できる。でも、相手の身体の周りで光った一点を攻めても、なぜか相手は倒れてしまうそうです。

「いつ頃からそんなことができるようになったのですか？」とお聞きしても、覚えていないそうです。

ただ、先生がペットボトルからコップに飲み物を注ぐのを見ると、こぼしてしまわれていました。手は震えているし……。

T社　生物には、視覚以外でキャッチできる何かが具わっているということでしょうか。

保江　そうそう。光としてね。さっきT社さんがおっしゃった、空間に情報が刷り込まれているからです。

その情報の場は、方程式やアイデアだけではなく、相手の近くのこの一点を攻めれば、力が抜けて崩れてしまう、といった細かい情報まで蓄積されているのでしょう。

そういうことを、柳川先生から学びました。でも、なぜこの空手家だけがそんな技ができるのだろうと思って調べたら、他にも同様な空手家がいました。

空手家には、多いようですね。相手の近くに光る点が見えて、そこを突けば相手の身体に触れなくても倒れる、と大阪の空手家も書き残しています。

柳川先生のお弟子さんに、

「光っている一点をパンと打てば離れている相手が倒れるって、本当なの？」と聞いたところ、

「もちろん本当です。自分もやられたことがあります」と。

さらにそのお弟子さんは、

「先生にはオーラが見えるんです。本も出されています」と教えてくれたので、さっそく、

入手して読むと、オーラを見るための方法がいろいろ紹介されていました。
けれどもそこには、ご自身が空手家とは一言も書かれていません。

柳川先生は、子どもの頃からひたすらそういう練習を積んだのです。視覚に代わるものを習得しようと、ものすごい努力を重ねたのだと思います。

僕も試しにいろいろ練習しましたが、まったくダメで、さっき見たのが初めてです。本にも書かれていましたが、普通の精神状態では見えないらしく、先ほどのように少しリラックスしながら、何か核心に触れた話を聞いて、「なるほどな」と感じたときに見えるそうです。

T社　心眼を開いたというか……。コミュニケーションのようなものもあるわけですね。

保江　そうですね。例えば、誰かが挑戦しに来たときも、相手とのコミュニケーションが成り立っている状態であれば、光が出るということかもしれません。

T社　敵対するわけではなく、逆に相手を包摂《ほうせつ》するような感じ。

保江　そうそう。相手が敵愾心《てきがいしん》を抱いていても、こちらは敵対しないで包み込む。自分も相手も同じという感じですね。

後日、そのお弟子さんをまた捕まえて、

「君の先生の本を読んだけれど、難しくて自分には無理だ。君ももちろん読んだのだろう？」

と質問すると、

「もちろんです。門弟はみんな読んで努力していますが、誰一人オーラを見た者はいません」

と答えました。さらに、

「空手の先生が、あの難解な法華経をあそこまでわかりやすく解説できるのも不思議だ。なぜだろう？」と問うと、

「先生は、宇宙の声を聞くことができるんです。本もありますよ」と教えてくれたのです。

残念ながら、その本はすでに絶版なのですが、ハンデを乗り越え史上最強といわれるまで精進した柳川先生は、オーラが見えるだけではなく、さらに宇宙の情報の場にもアクセスできるということでしょう。

そうでなければ、法華経をあそこまで平易に解説できないと思います。

Ｔ社　理を知っているから書けるということですね。

追求するのは「心の抱きかた」

保江　石川県にあるＵＦＯミュージアム（＊正式名　宇宙科学博物館　コスモアイル羽咋）を立ち上げた高野誠鮮《たかのじょうせん》さんという方がいらっしゃるのですが、日蓮宗のお坊さんです。

僕はあの人に出会って、初めて法華経のすごさを学びました。

法華経の経典についてかなり教わりましたが、

「でも、理解を深めるのは経典を原文で読むしかないのです」と釘を刺されていました。ところが、柳川先生の法華経の本は、実にわかりやすくて、目からウロコなんてものじゃないのです。

空手を一生懸命修錬することでハンデを克服し、オーラまで見えるようになる。ここまではわかります。

でも、あの小難しい法華経をあそこまで深く理解し本にできるのは、やはり宇宙の声を聞く能力を備えておられるからに違いない、と納得したのです。

二人だけでお会いする限りは、どこにでもいるおじいさんと変わりがなく、聖人には見えませんでした。

あの先生は、宇宙に刷り込まれた情報の場にアクセスできるレベルまでご自身を高められたのでしょう。

いま思うと、「UFOに遭遇したことはありませんか。宇宙人と会ったことは？」と聞いておけばよかったと……。機会があれば、うかがってみようと思います。

T社　おそらく、異星人は自我意識の強い人の心には降りてこないんだと思います。

きっと、心の純粋さが増せば増すほど、異星人と出会う頻度が上がるのでしょう。良いオーラが出ているなら、本物です。

だから、人間は気持ちの抱き方に注意しないといけません。いったん理を悟ったからには、高い境地に向かって怠ることなく邁進《まいしん》していかなくてはならないでしょう。

保江　いやあ、いまが一番光っていますね。お釈迦様になった感じです。

T社　ありがとうございます。

保江　大変失礼なことを申し上げますが、T社さんの口からこんなにいい話が飛び出すとは思っていませんでした。今回は、ＵＦＯ・宇宙人のジャンルの話だけかと思っていましたから。

Ｔ社　最近、そうした気持ちや心の抱き方といったことに対して、自然に考えられるようになった気がします。

気持ちという単語も、しっくりとくる言葉ではない気がします。地球語では「気持ち」という言葉しか出てこなくてもどかしいのですが、それを表すにはおそらく別の単語があると思うんです。まだ地球には無い単語なのかもしれません。

とにかく、そういう具合に気持ちを高めていくというか、心の抱き方を追及していくということをやらないといけないという思いが湧いてくるのです。

保江　ちょっと待って、涙が出るぐらい良い話！　びっくりです。すごい。

Ｔ社　いえいえ。今日はそういう会話ができるといいなと思って来たのは事実なんです。ＵＦＯなんかどうでもいいとは思っていません。異星人に関心を持つのが入り口だったから関心は持ち続けていますが、「技術というのは後からでもいいや」という気がします。

人殺しに使われるかもしれない技術を作っても、仕方がないですから。

保江　いま仮に、このレベルの人類がＵＦＯに近いものを作ったとしても、結局は戦争の武器として使いますよね。

T社　そうなれば、自分は拒否したくても巻き込まれるでしょう。場合によっては、表の世界では特許を取られて終わり、みたいなことにもなりかねない……。それもおかしいですよね。

保江　光ってますね。これこそ、宇宙からのメッセージ。

地球人と宇宙人のレベル差は、コンタクトの仕方でわかる

保江　本当に宇宙人がＵＦＯに乗ってやって来たとします。

ＵＦＯにさらわれてどこかの星に連れていかれたと主張する人はそこそこいますが、Ｈ社さんは、「仮にそれに乗ったとしても、その星に到着するまでにはあまりに時間がかかる」と指摘されていました。

１～２日拉致されて帰ってくるという説明には、説得力がない。おそらく、非常に進んだ科学技術によって、ＵＦＯの中で疑似体験させられ、なんらかのビジョンなどを焼き込まれるのではないか。

それに対し、Ｔ社さんによると、キリスト教の初期におけるグノーシス派の文献には、宇宙人が地球に寄与して地球人類を導くといった話が出てくる。

グノーシス派の思想には、例えば人類を導くための宇宙の一つのカラクリというかメカニズムが含まれている。

宇宙人・ＵＦＯという形で導いているように見えるけれども、実はその背後には宇宙のすべての生命体を導く宇宙意識みたいなものが存在するのではないか、とＴ社さんは驚くべき発言をされました。

僕の考えもそれに近いのです。Ｔ社さんは、いままでＵＦＯ・宇宙人の話はしても、この手の話は一切されなかった。

グノーシス派の話も出ましたから、それを受け、僕はＨ社さんへも水を向けました。

宇宙人・ＵＦＯが地球人を導いてくれる、その背後にはダルマ思想がある。それが人類を導く一環として、UFO・宇宙人現象になって現れた、というお話になりますかね。

H社　宇宙人が地球に来て何かを語りかけようとしたときに、どんなことが起きたか。いまのウクライナ戦争に至るまで、地球上では延々と戦争が続いています。

保江　地球上において。

H社　何かが異星人からメッセージを受けたという形跡はありませんよね？

保江　直接的にはないですね。

H社　世界的に起きている問題にしても、関与された痕跡はありません。自然災害も含め、地球はいま非常に不安定な状況にありますが、異星人からのメッセージがないということは、彼らは基本的には何の興味も抱いていないのでしょう。ただ、観察するだけで。

保江　観察ね。

H社　単に観察して、地球人というのは近い将来に絶滅する種族なのか、それとも繁栄し続ける種族なのかを見極めようとしているのか。

例えば、地球人側が火星に行ったとしましょう。

そこに火星人がいたとして、我々地球人にコンタクトしてくるかどうか。そのコンタクトの仕方によって、ある程度の判断基準になりそうだと思っています。

例えば、火星人にとって我々が下等生物のように見えたとしたら、関与してくるのではないかと思います。我々が、脅威には見えない小動物などには何かしらのアクションが起こせるのと似たような感覚です。

反対に、火星人が関与してこないとしたら、我々地球人と火星人とのレベルの差がそんなにないからではないかという気がするんです。

ですので、ずっと見守り、観察しているだけの状態の宇宙人がいたとしたら、それは我々と同じくらいのレベル、もしくは近しい感情レベルなのではないでしょうか。

向こうからは何もしないけれど、サンプルや情報を集めたいので、一部の人間を捕捉して調べ、わからないように戻すのでしょう。

命を大事にするという概念が宇宙人になければ、さらった人を戻さずに始末してしまえばいいはずです。

それを戻すということは命を存続させること、つまり、「生かすということが重要だ」と宇宙人が思っているのです。

保江　異星人にサンプルとしてピックアップされている人間というのは、よくいるような、ごく普通の人々。どうせなら、総理大臣や大統領を選べばいいと思うのですが。

H社　目立つ存在だし、社会的なインパクトが大きいですからね。

保江　秘密裏に、情報を集めたいという狙いがあるのでしょうね。その中には、僕が先ほど紹介した難病を患っている人もいます。難病の治療が目的だったのか。

H社　地球上にいるアバターのような存在としてコミュニケートしている過程で難病患者を知り、「治してあげたい」という感情が湧き上がったとすれば、地球人と同じ感覚を持っているということですよね。

保江　日本の伝説には、天女やカッパが現れることがあります。カッパは人を騙しても、天女は助けてくれることが多いですね。

日本には、権現信仰があり、仏・菩薩が衆生を救うために仮の姿で現れるのです。

そこに天狗や天女が現れれば神社を造って祀り、それが権現様となります。ひょっとすると天狗や天女、カッパなどは、宇宙人の仮の姿だったのかもしれません。

そのほかに、隕石を御神体とする神社も各地にあります。星を祀る神社もある。ちなみに、岡山にある「星神社」には、3つの隕石が祀られています。隕石の落下地点に、神社を建てたようです。

それから、神鍋《かんなべ》という名前の場所があるんですよ。兵庫県の日本海に近い場所ですが、いまでもUFOがよく目撃される場所なんですね。

H社　神鍋は聞いたことがあります。兵庫にいたことがあるものですから。

保江　神戸や大阪の人は、神鍋高原のスキー場へスキーをしに行きますね。

なぜ「神鍋」と名づけられたかには、諸説あるようです。

その一つが、ＵＦＯを目撃した昔の人が「神様の鍋」を連想したとする説。これは実にもっともな話で、僕は神鍋には、昔からＵＦＯが頻繁に出現したのだろうと睨んでいます。

２０２２年10月末に兵庫に行きましたが、『宇宙船、天空に満つる日』（渡辺大起　徳間書店）という本のタイトルのように、次々にＵＦＯが出てきました。

深夜、宿泊したロッジの庭にまで降りてきたそうです。残念ながら、そういう肝心なときに限って、僕は寝ぼけて見逃してしまいます。エリア51のときもそうだったのですが、同行者はみんな見ているのです。

だから、ＵＦＯは地球人に接触を試みているのだ、と僕は思うのです。悪い目的ではなく、サンプル集めのために。その延長として、時々は、困った人を助けてくれる。

昔のＳＦドラマ『スタートレック』でも、宇宙船エンタープライズで惑星を巡り、その星の困った人を助けている筋書きが多かったでしょう。

やはり、異星人は、宇宙の掟やその星の法律などに縛られるため積極的には関与しないものの、相手が困窮している場合にはそっと手を差し伸べるのではないでしょうか。

『スタートレック』でも、そういうルールが設定されていたけれど、意外に本当ではないかと思います。

地球人は未開の種族だから、積極的に関与してはならないという宇宙の掟があるのでしょうね。だから、遺留品を地球に残してはならないと。

例えば、たまたま墜落したＵＦＯの部品を調べ、リバースエンジニアリングして似たようなものを開発したとします。

自然な発明の流れではないものが、突然変異のようにぴょこんと生まれてしまう。人類は、その時点で急激にジャンプしてしまうかもしれない。

それは、本当は起きてはいけないことだったのに、偶然の墜落事故で予想もしない事態につながることもあった……。こうしたことは、ＵＦＯフリークの間でもささやかれていますね。

でも、僕にとっての衝撃は、やはりＴ社さんが今回、初めて吐露《とろ》されたことです。宇宙人の背後には重要な掟がある。波動を上げて、宇宙に蓄積された知識にアクセスできる人が、宇宙人やＵＦＯに遭遇することができるということ。

また話が飛びますが、フロイトと並び称される精神医学者のユングには、『空飛ぶ円盤』という著作があります。

ＵＦＯを目撃する現象を分析した本で、僕も昔、読みましたが、ものすごくうまく逃げているな、と思うところがあります。

ユングはフロイトと異なり、無意識を個人的無意識と集合的無意識に分けたことで有名です。その個人的無意識が、我々の心の中に何かを投影するらしいのです。

例えば、恐怖を未知のものとして投影してしまう。投影されたものが幽霊であったり、宇宙人やＵＦＯであったりすると、そのあたりは集合的無意識が投影したものとかなり共通性がある。

「○○さんも、別の○○さんもＵＦＯを見た」ということがあるが、こういう現象は、集合的無意識の働きに起因する。

「○○さんは幽霊を見たが、○○さんは化け猫を見た」となると、これは個人的無意識の投影だと。そんなふうにうまく逃げているのです。

つまり、「ＵＦＯも宇宙人も幽霊も、すべて投影にすぎない」と、ユングは結論づけています。学者の立場からすれば、仕方ないのかもしれませんが、うまい逃げ方ですよね。

でも、ユング本人はＵＦＯの存在を密かに信じていたのだろう、と僕はその本を読んで感じました。

いま、宇宙人と見られているのは実は地底人で、地球の中からやってきているという説もあります。近い所からだと時間もかからないし、動力も少なくてすむでしょう。

ただ、僕個人の立場では、ＵＦＯ・宇宙人は、遠い宇宙のどこからか来てくれていると信じたいところです。

宇宙人は地底からやってくる？

保江　ここで、僕の友人の体験談を紹介しましょう。１９９５年の阪神・淡路大震災によって、友人一家と親戚の家は、すべて倒壊してしまいました。その後、それぞれが新しい場所に移り住んだのです。

友人の義兄は、六甲沖の埋め立て地の一角に完成した集合住宅に入りました。２０００年の元日、友人と親戚はその集合住宅に集まって、新年を祝っていたそうです。

タバコが切れたので買いに行こうと思った友人は、部屋を出て近くのコンビニに向かいました。復興して間もない頃なので、その埋め立て地にはまだ空き地がたくさん残っていました。

すると突然、空き地にあるマンホールから、緑色の制服を着た中学生のように見える男の子が二人、出てきたのです。

友人は生まれも育ちも近場だったので、市内の私立中学校の制服の形や色はすべて頭に入っています。「あんな色であんな形の制服はあったかな？　どこの中学だろう」と友人はいぶかしみました。

すると、その二人の少年は周りをキョロキョロ見回しながら友人に近づき、一人が、

「おっちゃん、いまは何年や？」と関西弁で友人に話しかけたのです。

元日早々、妙な質問をする子だと思いつつ、

「今年は2000年だよ」と友人は答えます。

その途端、二人は顔を見合わせ、「しまった。ちょっと行き過ぎた」といい残すと、出てきたマンホールへ小走りに向かい、中へ入りました。気になった友人は詳しい事情を聞こうと思い、二人の後を追いかけたのですが、マンホールそのものが消えていたそうです。

友人は、僕が昔からよく知っている人物ですし、嘘をつくような人ではありません。残念ながら、6年前に亡くなってしまいましたが……。

そして彼は、

「ひょっとして、宇宙人とかＵＦＯは、タイムマシンに乗って未来から来ているんじゃなかろうか。あのときの少年二人の顔つきは日本人だったから、未来の日本人ということかな」と語ってくれました。

つまり、未来から来た少年たちは、「下車駅」を間違えたようなのです。本当は、もう少し手前の「駅」で降りたかったのでしょう。

身近な人間から、ＵＦＯ・宇宙人が未来から来たなどと告白されたのは初めてでした。でも考えてみれば、「神戸」という地名も不思議ですね。

実は、その友人は神戸で頻繁にＵＦＯを目撃していました。

例えば、阪急電車が停車したときに、窓からふと空を見上げたらオレンジ色の円盤が浮遊していて、彼はそれをすぐに携帯で撮影して、僕のところへ送ってきました。場所は三宮。神戸のど真ん中です。

その彼が、未来から来たと思われる少年に出会った。まるで、物見遊山に地球の過去をさかのぼってみよう、といった雰囲気だったようです。

T社　それは、未来の中学校の授業の一環かもしれないですね。

保江　そうですね、未来の中学校の夏休みの宿題だったとか。

T社　米国の研究者にも、タイムマシン説を唱える人はいましたね。

でも、どうなのでしょう。時間をさかのぼるのはかなり難しいような気がします。ワープは可能でも、時間旅行は難しいのでは?

保江　理論物理学の観点からすれば、未来に行くことは可能です。タイムマシンは割と簡単に作れますが、過去には行けないというのが定説ですね。

ただし、それは一般的な時間概念、いまの我々が持っている杓子定規な時間概念に照らした場合に限ります。

「時間はない」という理論も、実はあるんですよ。

T社　ご専門ですよね。

保江　時間がないということは、常に現在である……、人生のすべてが「いまこの瞬間」ということ。

宇宙人が人間に憑依してしゃべらせるという話を聞きましたが、そこに時間なんて存在しないようです。

１９９０年にスペースシャトルで打ち上げられた、ハッブル宇宙望遠鏡で見たあの宇宙の姿、あれも時間とは無縁の世界なのです。空間の概念もほぼこの周囲だけで、あとはすべてグノーシス派の記録にもある情報場だけ。

いつでもその気になれば、火星やはるか彼方の銀河系にいようが、別の次元空間に映し出される。でも、情報のネットワークだけが存在しているだけのことで、物理的にはそういう広がりはあり得ない、といわれたことがあります。

でもね、マンホールから出現した少年を目撃した友人は、そんなことでは絶対に嘘をつきません。それだけに、僕には衝撃的な内容だった。

サファリパークに遊びにきた観光客がバスに乗って猛獣たちを見物している感覚で、ＵＦＯに乗った異星人は我々を観察しているのかもしれません。

そう考えるのが気楽でしょう。
アメリカのロズウェル、キングマン、アズテックにＵＦＯが墜落したのも、サファリパークのバスが動かなくなったのと同じような現象でしょうか。少し茶化しすぎかな……。

地球内部には反重力物質・115番元素が存在する!?

Ｈ社　実は、私も地底人の可能性が一番高いだろうと思っていました。

保江　確かに、僕も地底人という概念、つまり地球空洞説については、「絶対にそんなことはあるものか」と思っていたのですが、敬愛する矢追純一さんの説明をうかがったことがあり、納得してしまいました。

僕が地球空洞説に対して抱いたのは、地殻はスイカの皮くらいの薄さで内部はがらんと空いているイメージ。

そんな程度であれば、中の人間が地面に引っ張られるわけはない。ところが、分厚いのですよ、地殻というのは。マンゴーの果肉みたいに。

地殻がそれだけ厚ければ、中の世界もその地殻に引っ張られる。地表ほど強くなくても、重力は存在するのです。

矢追さんによると、北極あたりに巨大な穴が開いていたそうです。昔、ノルウェーやスウェーデンの海賊が航海しているときに見つけたそうですが、この穴の曲率があまりに大きくてわからない。

そのまま地球上のどこかにつながっているのだろうと、穴の中に船を進めたところ、地底に広がる別の空間に出た。地底には島と大陸があるのですが、矢追さんは、そこに住みついたバイキングの連中を地底人と呼ぶわけです。

つまり、人間なのです。地底では気候が安定しているし、太陽風とかフレアによる影響もありません。戦争も起こらず文化が繁栄しているので、科学技術が地表よりもずっと進んでいた。ＵＦＯみたいな乗り物もあるそうです。地底世界の真ん中には、小さな太陽みたいな星が浮かんで、常に照らしている。

でも僕は、「ホントかなあ。そんなものが存在するはずがない」と信じなかったのです。

ところが、超アクチノイド人工放射性元素の一つである１１５番元素……、地球上では天然には見つかっていないけれども安定して存在するはずの115番元素が、月の裏にはあるらしいのですね。

物理学者のボブ・ラザーは、アメリカ政府が密かに宇宙人とUFOの共同研究を行っているとされるエリア51で、UFOの動力源を研究していました。

その彼が、「UFOの推進力は、115番元素の反重力効果によるものだ」と暴露しました。その115番元素の鉱脈が、月の裏側にあるらしいのです。

ここからは、僕の仮説です。

もし115番元素が地球の内部に存在するとしたら、反重力効果で空洞の真ん中に浮くはずです。しかも、核融合反応を起こして、小さな太陽のように光るでしょう。

月は、常に地球に対して同じ面を見せています。つまり、裏側を見せないようになっています。それは、反重力効果を持つ115番元素が、地球の引力に対して常に反発しているから、115番元素がある部分が、地球からより遠い側、つまり裏側になるからです。

月の裏側が何万年経っても裏のままだということも、これで説明できます。

そんなことが、矢追さんとの対談でわかりました（＊詳細は、『極上の人生を生き抜くには』〈明窓出版〉をご参照ください）。

その対談とちょうど同じ頃、広島在住のＵＦＯ研究家のおじいさんに呼ばれました。このおじいさんも、小学生の頃からＵＦＯにさらわれた体験があるという方です。現在は、85、6歳だと思います。

いままで頻繁にＵＦＯに乗り、いろんな場所へ連れていかれたのです。でも、地球外に連れ出されたわけではなく、行き先はたいがいエリア51とか52。

このＵＦＯじいさんはエリア51の写真撮影にも成功し、ボブ・ラザーとのツーショット写真を見せてくれました。「水爆の父」と呼ばれたユダヤ人物理学者の、エドワード・テラー（＊１９０８年～２００３年。ハンガリー生まれの理論物理学者）と一緒に撮った写真もあります。ジョン・ハチソンに至っては、ハチソン家に上がり込み、壁に貼られたヌードポスターの前で写真を撮ることまでしていました。

エリア51内部のＵＦＯを整備している格納エリアでは、撮影厳禁にもかかわらず、バッグにカメラを潜ませての隠し撮りに成功しています。

実はこのおじいさん、月も訪れているのです。月の裏側の、アメリカと宇宙人が共同で１１５番元素を採掘している場所に、ＵＦＯで連れていかれたのです。

そこで作業する、宇宙服姿のアメリカ人二人が手を振っている写真も、見せてくれました。どうして僕を広島に呼びつけたかというと、「わしと一緒に月の裏側へ行ってみないか」というお誘いです。

T社　月にですか……。

保江　「あんたなら、きっと連れていってくれますよ。いかがかね?」と。

T社　それで、いつ出発するのですか?

保江　僕はその話を「うさんくさいな」と疑って、返事を濁したのです。

115番元素の反重力なんて、物理学者としては認められなかった。安定的に存在するのはわかっていましたが、それが反重力効果を持っているというのはおかしいと。

ボブ・ラザーが115番元素の話を持ち出したときも、変だなと思いました。物理学者は、反重力という概念にものすごく神経を尖らせるのです。

おじいさんの話にホイホイ乗ってしまうと危ないなと思って、「少し考えさせてください」

と返事を保留したわけです。

後に、その話を『月刊ムー』の三上丈晴編集長に話したところ、すぐに食いついてきて、「ぜひ会わせてほしい」と。

それで連絡したところ、「会ってもいいよ」と快諾してくれました。ところが、三上編集長を広島に連れていったところ、おじいさんの態度ががらっと変わってしまって……。

T社　記事にならなかったのですね？

保江　僕と編集長を入れて5人で訪ねたのですが、僕に見せてくれた写真を見せてくれないのです。前回と同じように、写真を入れた鞄を持ってきていたのに。

「あんたたちの中には、わしの話をまったく信じていない人がいる。わしには、すぐにわかるんだ。だから、写真も見せたくないし、これ以上話したくない」と。

話が違う、と思ったけれどどうしようもない。この日は世間話をして終わりました。

三上さんたちは車で引き上げ、僕は新幹線に乗りました。走行中に車窓からふと空を見上げると、なんとＵＦＯが飛んでいる。その場でおじいさんにメールすると、「そうだろう。あんたらがウチへ来たときも、実はＵＦＯが近くまで来ていたんだ。あのときに全員が気持ちを一つにしてわしの話を真剣に聞いてくれれば、連中はもっと近づいてくる予定だった。ところが、一人だけ信じないやつがいたから敬遠されてしまったんだ」と返信が来ました。

その後、２０２３年に入ってこんな出来事がありました。

僕は陰陽師の技法によって、日本中に結界を張るという作業をずっと続けていました。「結界を張れ」と、上からのミッションを伝えてくれた人がいたのです。

皇居で、さまざまな御神事を指導してきたおばあちゃんがいます。80歳を過ぎたこの方は、徳島の三木家の巫女様です。

三木家は、古代の職能集団である阿波忌部《あわいんべ》氏の直系で、天皇即位の儀式である大嘗祭で、新天皇がお召しになる麻織物の麁服《あたらえ》を作り、天皇家に献上してきました。麻の栽培も三木家が手がけ、丹精を込めて仕上げるのです。

その巫女様が時々、僕に指令を発します。そのときは、水晶玉を送ってきて、「これを○○

に埋めて、結界を張ってきなさい」と。僕は巫女様の指令に従い、かれこれ3回ほど日本各地に出かけ、結界を張ってきました。

その三木家の巫女様から、連絡がありました。「今度はどこに行かせる気だろう」とお聞きしたところ、

「月の裏側へ行きなされ」と。

これまでは、愛車を駆って全国を巡ることができましたが、月面となるとそうはいきません。

「月にはどのようにして行けばよろしいでしょうか？　UFOでもあれば便乗するのですが……」と慇懃《いんぎん》にお尋ねした瞬間、広島のUFOじいさんの顔が思い浮かんだのです。

「お前なら行けるはずだ」と巫女様はおっしゃいます。

そのときに、アメリカのコミックを原作にした映画『ドクター・ストレンジ』をふと思い出しました。交通事故の怪我で両手に麻痺が残り、絶望した外科医ドクター・ストレンジが過酷な修行を経て魔術師となり、闇の力との戦いに挑むといったストーリーです。

その作品に、空間に穴を開けて別世界へ行き来するシーンが出てきます。実は、ある出来事がきっかけで、僕もそれに近いことができるようになっていたのです。

三木家の巫女様は、どうやらそれを見抜いていたようです。「お前ならできるはずじゃ。そうやって空間に穴を開ければ、その向こうがお月様の裏になっておる」。

あまりに突拍子もない話だから、自分ではいまだに信じ切れていないのですが……。物理学者の限界というものでしょうか。

T社　でも、次元が切り開けるのは自覚されているわけですね？

空間を切り取った広島の超能力者

保江　広島に、僕が独自に超能力者と認定した人がやっているマジックバー（マジック&ショットバー Hiviki）があります。もともとは、友人に、

「すごい超能力者がいるから、ぜひ一度行ってみてください」といわれたので、行ってみたのです。

新型コロナウイルスによる緊急事態宣言が出ていた頃で、バーは閉じていたようですが、わ

ざわざ僕のためにバーを開けてマジックを見せてくれました。

響《ひびき》仁《じん》さんという超能力者ですが、それが凄まじいのです。

もう一人、神戸にも、マジックカフェ・バーディーというカフェをやっているバーディーさんという超能力者がいらして……。

T社　神戸のマジシャンについては、聞いたことがあります。

保江　バーディーさんは、日本クロースアップマジシャンズ協会の会長で、やはり超能力としか思えないようなことをさらっとやってみせるものすごい人なのですが、広島の響さんもそれを上回るくらいにすごい。

スプーン曲げなんて、お茶の子さいさいで、僕の掌にスプーンとフォークを置いたまま、触りもしないで曲げてしまいます。

それと、コイン。響さんが親指と人差し指にコインを挟んでいるのですが、通常では人が押したりしたくらいでは曲がるわけがない。ところが、響さんが僕をじっと見つめて、

「さあ、押してみてください」といわれて押してみると、フニャンと曲がる。

圧巻は、60Wの白熱電球を使ったマジックです。パナソニックの印字がありましたし、マジック用のものではなかったという確信があります。白いものではなく、昔よく見かけたような、透明でフィラメントが丸見えの電球です。

「これを持ってください」といわれたので、僕が電球の口金と呼ばれる金物のところを持って差し出すと、

「では」といって、電球の周りで両手を小さく回しました。

これが、見事に光ったのです。もちろん、電源とはつながっておらず、僕が裸電球を持っているだけでした。そしてなぜか、その光は実に優しく、目はちっとも痛まない。

もっと不思議なのは、電球自体がまったく熱くない。普通なら、火傷するほどの熱を持つはずなのに。

「これって、いったいどういうこと？　何をどうすれば、こんなことが可能になるの？」と、僕が響さんに詰め寄ったのはいうまでもありません。

すると、彼は、

「この世で、こんな現象が起こるわけがありません」とさらっといってのける。

「電球を持っている保江さんの手首を含めた空間だけ切り取って、別の世界に変容させたの

です」と説明してくれました。それで、確かに彼が、まさにドクター・ストレンジが空間を切るときのような仕草を見せたことを思い出しました。

どうやら、一部分の空間だけを切り取って別次元に変えた結果、電源もないフィラメントが発熱しないで光る世界を生み出したということらしい。

それ以来、僕もドクター・ストレンジを真似て、訓練を重ねたのです。

ホームセンターに行って透明の電球を探しましたが、なかなか見つからない。いまはLEDが主流ですからね。

仕方がないから、小さい透明電球を買いました。必死になって何度も練習したけど、一向に光りません。

そこで、電球をバーディーさんの神戸の店にも持ち込んで、「広島にこんなことをやる人がいるけれど、バーディーさんもちょっとやってみて」とお願いしました。

「まあ、やってみましょうか」といって何度か繰り返したものの、やはり光りません。しまいには、「ホントにこの電球を使って光らせたのですか？」と疑惑のまなざし。

もちろんそうだと請け負うと、きっとバーディーさんも意地になったのかもしれません。「ちょっと静かにしていてくださいね」としばし集中すると、1回だけピカッと光りました。

T社　本当ですか。

保江　「さすが！」と拍手すると、

「これ以上は無理です。練習しますから、また見に来てください」とバーディーさん。

こうした超常現象は本当に興味深いもので、僕がお声がけして超能力について掘り下げた、バーディーさんと響さんと僕の鼎談本もあります。

タイトルは、『時空を操るマジシャンたち　超能力と魔術の世界はひとつなのか　理論物理学者保江邦夫博士の検証』（明窓出版）。かなり突っ込んだ話もしていますし、エンターテイメントとしても楽しめると思います。

T社　先ほど、世界を別にすれば光るとおっしゃいましたが、世界を別にすることと光ることは別の話ですよね？

保江　響さんがおっしゃったのは、「その部分だけを切り取って、電源につながっていない裸電球でも光るという世界につなぐ」ということですね。

つまり、その世界では、物理法則がまったく違うのです。

Ｔ社　響さん自身は、どこにつないだかを理解しているのですか。

保江　していないようです。彼は、高校生の頃からそんなことができていたようです。アメリカでマジックをしていたときにはとても人気が出て、ラスベガスなどでショーをやっていたそうです。

有名になると、アメリカ中のマジシャンが足を引っ張るんですって。「本当にやられたら困る！」という理由で。

響さんの場合、正真正銘の超能力だから準備が必要ありません。身ひとつでラスベガスのキャバレーなどに乗り込んで、「さあ、やりましょうか」と始めるわけ。

天井の照明から蛍光灯を外させて、彼が持つと光り始める。１本の蛍光灯の中でも光る部分と光らない部分があり、まるで電気ウナギみたいな現象になって、アメリカ人は度肝を抜かれたことでしょう。

T社　電気じゃないのですね。

保江　いわゆる電気ではないし、しかも熱くならない。

スプーン曲げでも、自衛隊が販売しているような頑丈なやつを使うのです。自衛隊では、根性が折れないようにと、絶対に曲がらないスプーンをグッズとして売っています。

僕も意地悪く、わざわざそれを買ってきて、

「これ、曲がる？」と手渡したところ、

「やったことないけど、まあ試してみましょう」と響さん。

すると、曲がるどころの話ではなく、パキッと折れちゃった。

こんなことができる響さんには、絶対にＵＦＯ体験があるはずだ、と僕は確信しました。

ところが、そのあとに例の広島在住のＵＦＯじいさんに会ったら開口一番、

「君、響くんに会ったんだってね。あの子の超能力を引き出したのはわしだよ」といい出したのです。

「えっ、そうだったのですか。いったいどうやって？」と聞くと、

「彼が高校生のとき、宇宙人に頼んだんだよ。超能力を使えるようにしてやってくれって」

T社　広島つながりですか……。

保江　そう。それで超能力を獲得した響さんは意を決して渡米。アメリカでマジシャンとして活動を始め、人気爆発。一気に全米一のマジシャンにのし上がったのです。

「超能力の陰に宇宙人あり」。

日本人が宇宙人に護られている理由——竹取物語に隠された真実とは

保江　それにしても、彼が、電球を握る僕の手の周りだけの空間を変容させるなんて、物理学者の僕にはとんでもない衝撃でした。同じ人間なのだから僕にもできるだろう、と必死で練習しましたが、いまだに光りません。

そんな流れのうち、今度は三木家の巫女様が、「月の裏側へ行きなさい」と。

「空間に穴を開ければ、その向こうが月の裏側じゃ」といわれてもね……、ストッキングに穴が開くのとはわけが違うでしょう。

T社　おそらく、巫女様にしてみれば月の裏側は意外と近いのでしょうね。

保江　いままで三木家の巫女様にいわれたことは、すべて実現しました。

例えば、天皇家のご神事なのにしばらく途絶えていた祝之神事《はふりのしんじ》は、古神道の伯家神道がずっと取り仕切ってきたものです。

今上天皇が即位されるとき、そのご神事が、明治天皇以来久しぶりに復活しました。僕がそれをおつなぎしたので、三木家の巫女様は、「本当にお前のおかげじゃ」と喜んでくださいました。

天皇陛下は、皇居の賢所《かしこどころ》で、巫女様の指導でさまざまなご神事をなさいます。深夜、陛下が廊下を渡ってこられるのですが、祝之神事をお授かりになったおかげで、だんだん足音がしなくなりました。

そして、ついに2022年のクリスマス頃から、まったく足音がしなくなったとうかがったのです（＊詳細については、『祈りが護る國　アラヒトガミの願いはひとつ』〈明窓出版〉をご参照ください）。

それは、現人神《あらひとがみ》になられたという証拠だと感謝してくださって、お礼に麁服に使われたという三木家の麻を頂戴しました。

天皇は、天の浮舟に乗って世界中を巡幸されたという記述が竹内文書にありますが、浮舟はUFOのことだという説があるでしょう。僕が思うに、本当のことじゃないかと。

三木家の巫女様は「月の裏に行け」というし、伯家神道の先代の巫女様、やはり80歳を過ぎたおばあちゃんですが、この方も、

「あんたの魂はアンドロメダ星雲の星に起源があり、いろいろ事情があって銀河系に来た。地球に来る前はシリウスのあたりにいたんだよ」などとおっしゃいました。

チベット人と日本人のDNAは、縄文のDNAを受け継いでいるなどという話にも通じますが、やっぱり縄文の頃というのは、天の浮舟で世界を巡ることができた時代だったのかもしれません。

矢追純一さんの地底人説によると、ノルウェーとかスウェーデンのバイキングの末裔が、地下に潜ってずっと地底で生きていたということのようです。

ノルディックと呼ばれて金星人ともいわれる、金髪の白人系の宇宙人というのは、地底人な

のでしょうか。

ロズウェルで墜落したときに捕まったのはドロイドで、縄文人に共通するＤＮＡを持っていたという話もあります。

日本人というのは、一つの重要なキーになっているのですね。

Ｈ社　日本人の起源といえば、竹取物語がありますね。

保江　平安時代の物語である竹取物語は、矢追さんとの対談でも話題になりました。

アメリカ航空宇宙局（NASA）で、宇宙飛行士の健康問題について研究したお医者さんに、梅津康生《うめづやすいき》先生という方がいました。口腔がん専門の医師でもあります。

梅津先生は酔っ払うと、NASA 時代の話をしてくれるのですが、その中に、東日本大震災にまつわる興味深いエピソードがあるのです。
３．１１で福島第一原発が水素爆発を起こしたとき、ＵＦＯが上空を飛んだというものです。自衛隊が撮影した映像にも、爆発の瞬間にＵＦＯがヒュンと飛んでいるシーンが残っています。
その映像は、最初の２日間はそのまま公開されたのですが、３日目からはＵＦＯの部分だけが削除されていました。

メルトダウン（炉心溶融）しているため、放射性物質がばらまかれてしまう危険性がありました。だから、UFOが上空に飛来して、核物理学をよく理解していない地球人のために、最も危険な物質を瞬間的に吸収してくれたのだというわけです。

まだありますよ。アメリカが、広島と長崎に原子爆弾を投下したときのことです。

原爆に直撃された大都市の惨状は、映像にもたくさん残っていますが、実は原爆開発の張本人である米軍、および物理学者が想定した被害よりも、はるかに軽かったというのです。

広島では投下後1年で草木が生え、爆心地にいた人の中にも、原爆症にならずに90歳過ぎまで生きた人もいました。

アメリカはいま、広島・長崎の原爆被害が想定よりもなぜ軽かったかを研究しているそうです。梅津先生によると、NASA の連中は、「日本人は宇宙人に護られている」と噂しているとか。

そこで話題に上ったのが、竹取物語です。竹の中から現れたかぐや姫は、実はカプセルの中にいた宇宙人の子どもだったというのです。なんらかの事故があって、宇宙人が避難させた子どもであると。その一つが、たまたま平安時代に見つかった。

容姿は人間に近かったから、天からの授かりものだと思い込んだのかもしれませんね。

ヨーロッパにも、竹取物語に似た昔話は各地に残っているそうです。ところが、ヨーロッパではみんな、不吉な存在だと忌み嫌って殺してしまいました。日本人だけが、宇宙人の子どもを姫と呼び、おじいちゃん・おばあちゃんが慈しんで育てたのです。最後には、満月が輝く夜、UFOがかぐや姫を迎えにきますね。警護の兵士たちは弓矢を射かけますが、光線のようなものでいとも簡単に撃退されてしまいます。

T社　実話だったのですか？

保江　NASAの人たちがいうには、実話だそうです。ヨーロッパ人は宇宙人の子どもを惨殺したけれど、日本人だけは立派に育てて、天に送り返してくれたと。だから、日本人は護らなくてはならないと恩義を感じているらしいのです。梅津先生は、お酒を飲むと、そういう話をしてくれます。

竹取物語が実話だとすると、舞台となったのは神戸の近辺かもしれない。そのあたりは、昔から頻繁にUFOが目撃されていますよね。

Ｔ社　その話は、全然ネットには載っていませんね。

保江　そうですね。知られていないでしょうね。

日本人にとって宇宙人は脅威の存在ではない

Ｔ社　特に戦争の頃は、日本は情報統制されていたのでしょうね。

新聞沙汰にもなっていないような事件も多い。メディアに登場した事件もありますが、日本ではこれといってＵＦＯ目撃談は聞いたことがないです。でも、実際にはあるんですよね、そういうことが。

保江　おそらく、ＵＦＯの遭遇体験はアメリカが一番多いでしょう。アメリカでは恐怖体験として、宇宙人やＵＦＯが登場しています。

ところが、日本人はそういうものにあまり恐怖を感じていません。

H社　恐怖を感じないのは、宗教の影響ですよ。歴史的に見ても、向こうは善悪二元論を振りかざし、世界の事象をすべて善と悪、神と悪魔、光と闇といったように二元論で分けています。
日本では、そういう感覚は薄いのです。悪いことをすれば地獄に落ちるとか、化けて出られるとか、そういう類いの話しかないんですよね。

T社　全米で、悪魔の存在を信じる人が占める割合はすごく高いみたいです。

H社　神を作ったからです。神を作ると悪魔も作らなくてはいけない。天国があれば地獄もある。人々を良き方向へ誘導するために。
彼らは、何か悪いことをするやつは、邪悪なものに取り憑かれているということにしてしまうんです。それで起こるのが魔女や悪魔狩りとかね。

T社　確かに、日本には悪魔って出てこないですね、鬼はいますが。

保江　日本では、異形の存在には鬼という表現を当てはめてきた。でも、UFOや宇宙人との遭遇が記録に残らずにきたのは、やはり恐怖体験とは捉えなかったからでしょう。いわばグレーの領域に入れたのです。

ロズウェルに墜落したUFOを回収したアメリカ軍兵士たちが最初にいったのは、「あれは日本人だ」と。小柄で鼻も低いので、日本人だと思われたのです。ドロイドとして送り込まれている、宇宙人と我々が呼んでいる存在は、日本人に姿形が近いんじゃないかと思います。

仮に、日本でそういうのが現れても、アメリカ人が持つような違和感は持たれないと思うんです。むしろ、親近感を抱くでしょう。

T社　マンホールの少年に対してのように。

保江　そう。本当に関西弁をしゃべったらしいのです。

「おっちゃん、いま何年や?」って。関西弁は、未来でも使われているということですね。

T社　日本に来ているそういう存在は、もしかしたら欧米とは違う種族・種類のものかもしれない、という気もしますね。

保江　そうかもしれないし、ユングの説を当てはめると、日本人の集合的無意識が投影した宇宙人というのは、日本人に近しい姿形かもしれません。

各地で目撃される水面下のＵＦＯ

保江　昔、『ＵＦＯと宇宙』（ユニバース出版社）という雑誌をよく読んでいました。それに、ニューヨークのモントーク岬の沖からＵＦＯが飛び出てくるイラストがあったのを覚えていますが、同じように駿河湾で、ＵＦＯが海中から出てきたという話を聞きました。３次元の物体として、ＵＦＯは海の中にもいるし、空の上にもいるということです。

海中にいるＵＦＯに関する情報はつかんでいましたが、あまり信じてはいませんでした。

Ｔ社　最近、アメリカがＵＦＯ法の調査対象ＵＦＯの資料の一つとして出したのが、海や湖の水面下のＵＦＯ現象です。

保江　えっ本当？　それは知らなかった。

Ｔ社　調べると、実はヨーロッパでも昔から同じ現象が起きています。特にロシアとか。

保江　北欧のフィヨルドに、ロシアの原子力潜水艦が入り込んでいるのではないかという説がありました。でも、結果的には、ロシアのではなかったようです。

ノルウェーの沿岸警備隊がソナーでフィヨルド内の不審な潜水艦をキャッチし、「あんなところに違法で入ってくるのはロシアの潜水艦しかいない」と色めき立ち、そこにイギリス海軍も出張り、潜水艦狩りが始まりました。

潜水艦が絶対にフィヨルドの外に出られない状況にしておいて、ソナーで確認しつつじわじわと追い詰めたのですが、それが突然に消えたのです。だから、ロシアの潜水艦説を流布させたのでしょう。

Ｔ社　そんな話があったのですか。

保江　ソナーがキャッチした映像には、潜水艦らしき物体がちゃんと映っていた。フィヨルドの中にはどこにも逃げ場がないはずなのに、忽然と姿を消した。

夜陰に紛れて空に逃げてしまえば、当然ながらソナーでは追跡しようがありません。
当時は、世界中が緊迫し、すわ第三次世界大戦か、と騒がれたものです。
「あれはＵＦＯでは？」と考えた人もいましたが、僕はＵＦＯが海中にいるという説は信じたくありませんでした。その理由は、ＵＦＯのような平たい構造では、水圧に耐えられないだろうと思ったからです。

Ｔ社　物理学者としては、当然の見解ですね。

保江　最も強いとされるチタンや鋼鉄ですら、球形や円柱形にしないと圧力に耐えられないのに、ペタンとしたＵＦＯの形ではすぐに潰れるだろうと。
でも、きっと想像を絶するほど硬いのかもしれません。

Ｔ社　海中からＵＦＯが浮上するという、似たようなスポットはアメリカのニューヨークの沖にもありますね。

保江　それは、モントークですね。昔からいわれています。

僕は実際に、モントークにも行きました。あの辺の水の下に宇宙人の基地があるのではないかと思ってね。

T社　モントーク以外でも、西海岸には、自警団みたいにずっとUFOをウォッチしている調査チームがいるんです。

保江　えっ、そこにもいるんですか。何か引っかかったのでしょうか。

T社　まだ、そのあたりの情報は出てきていません。

保江　確かに、僕がモントーク岬の探検に行った帰り、映画『メン・イン・ブラック』に出てくるような黒いキャデラックにずっと追跡されました。マンハッタンまで戻ったときに、ホテルまで突き止められたらヤバイなと思って、赤信号を無視して振り切ったのです。

向こうも追いかけようとしたところに、イエローキャブに横から当てられて、僕は無事に逃げおおせることができました。

T社　よかったですね。

保江　やっぱり、モントーク岬には見張りがいるんでしょう。四六時中、ウォッチしている人間が。

T社　ロシアなどでは、昔の宗教画みたいな絵に、UFOが描かれていると主張する人がいますね。水中から何かが、飛び出してきているのです。

保江　空飛ぶ円盤じゃなくて「水中円盤」ですね。

T社　旧ソ連は、UFOの存在を解明するため、事実の収集と分析を行う特別なグループを組成していたみたいです。リタイアメントのおじちゃんがペラペラしゃべる系の内容ですが、そんなロシア情報を耳にしたことがあります。

保江　ロシアでは、軍や政府もそういうことを真剣に考えていたということでしょうか。

T社　ということになっているんですが、その内容については当然、ロシアの軍は否定しますね。「当局のあずかり知るところではない」という感じになっているようですが。

ニュー山王ホテルで元CIA職員に聞いた話

保江　海中といえば、2010年、メキシコ湾の海底石油掘削基地で火災が発生し、消し止められないまま大量の原油が流出したという大事故があったでしょう。オバマ大統領の頃でした。国際石油資本のブリティッシュ・ペトロリアムの油井《ゆせい》です。

1週間ぐらい報道されていましたが、そのうちにまったく報道されなくなりました。

その1年後ぐらいかな、僕は、CIAの元職員だったベネットさんに、港区にあるニュー山王ホテルという在日米軍の専用宿泊施設に呼び出されました。米軍がUFOの情報を発信している日本人を集めろと号令をかけたらしく、僕にも声がかかったのです。

当時はまだ岡山にいたから、わざわざ上京しました。こんな所に米軍関係者しか泊まれないホテルがあるんだと、初めて知ったのです。あそこは治外法権だし、アメリカの領土だから入るにはパスポートの提示が必要。ボディチェックもされて、すったもんだの末、やっと中に入れてくれました。ベネットさんがいうには、

「私は、アメリカ政府が匿《かくま》っている宇宙人の王族一家の、警護官をしていた」と。

「どこに匿っていたのですか」と聞くと、デンバー国際空港の下だと。空港の地下には王家の人たちを保護する秘密の場所があって、そこで警護をしていたそうです。

王族がいた星で革命が起き、そのままその星にいると革命派に捕まってしまうというので地球に逃げてきたという。

アメリカ政府が匿ってくれるなら、その見返りにいろいろな情報を提供しましょう、と取引が成立したというわけ。

ところが、この王族をとっ捕まえて罰しようとする革命派が、しょっちゅう地球にやってくるそうです。

ベネットさんによれば、１９８０年代にレーガン政権が打ち出したスター・ウォーズ計画は、宇宙の侵略者から地球を防衛するというのが表向きの理由ですが、本当は王族を血眼《ちまなこ》になって探す革命派への対抗策だったらしい。

実際に襲来した革命派を、エリア51や52の装備でなんとか撃退したと。

驚いたのは、メキシコ湾の海底には出入口があり、王族はそこからＵＦＯで脱出し、地球外に逃げることもできるというのです。

革命派はそれを察知して、その出入口から攻め込もうと交戦状態になったときに起こったのが、あの火災だと。それが、ブリティッシュ・ペトロリアムの掘削基地の火災事故にすり替えられたというのが真相だそうです。

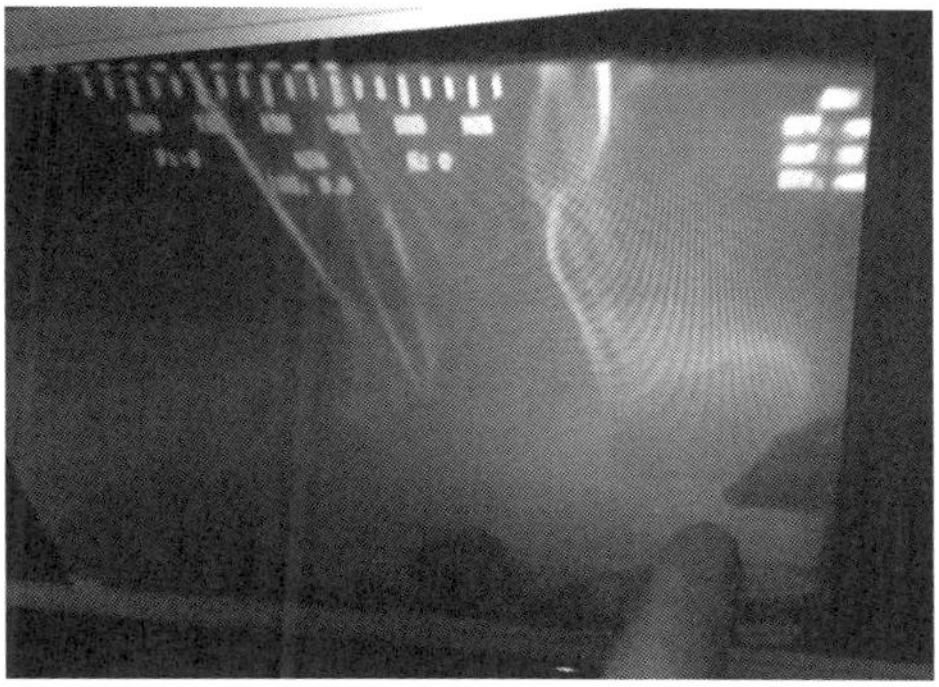

革命派のUFO

「私は当時、防衛部隊の隊長で、出撃させられて、特殊な潜水艇に乗り込んで海底で応戦しました」と、ベネットさんがそのときに撮影した写真まで見せてくれました。潜水艇のキャノピーの向こうに、革命派のＵＦＯらしきものが迫っている写真です。

彼は応戦のたびに撮影していたようです。

「これ、いただけませんか？」と聞くと、

「ああ、いいよ。画面を写せばいい」と、その場で彼のパソコン画面を撮影させてくれたのです。僕は、そのデータをまだ持っています。

さすがに、デンバー空港の地下に隠れている王族の写真は撮らせてもらえなかったみたいで、仕方がないからベネットさんは、自室に戻ってから王族の姿をスケッチしたそうです。

王様の身長は3メートルを超え、レプティリアン型の爬虫類系の尻尾がありました。女王様ですら、2メートル50もあって、顔はワニそっくりです。

そのデッサンも写真に撮らせてもらいました。

T社　ベネットさんとは、他にどんな話をしたのですか？

保江　「どうしてこんな機密情報を僕に教えてくれるのですか？」とベネットさんに質問すると、

「自分だけがこの情報を持っているのは、とても危険なんだ。できるだけ多くの人に知ってもらえば、殺されるリスクも分散されるだろ？」ですって。

彼はどこかの国を訪れるたびに、その国のUFO研究家に声をかけ、写真を見せているらしいのです。

王族のスケッチ３

王族のスケッチ１

王族のスケッチ４

王族のスケッチ２

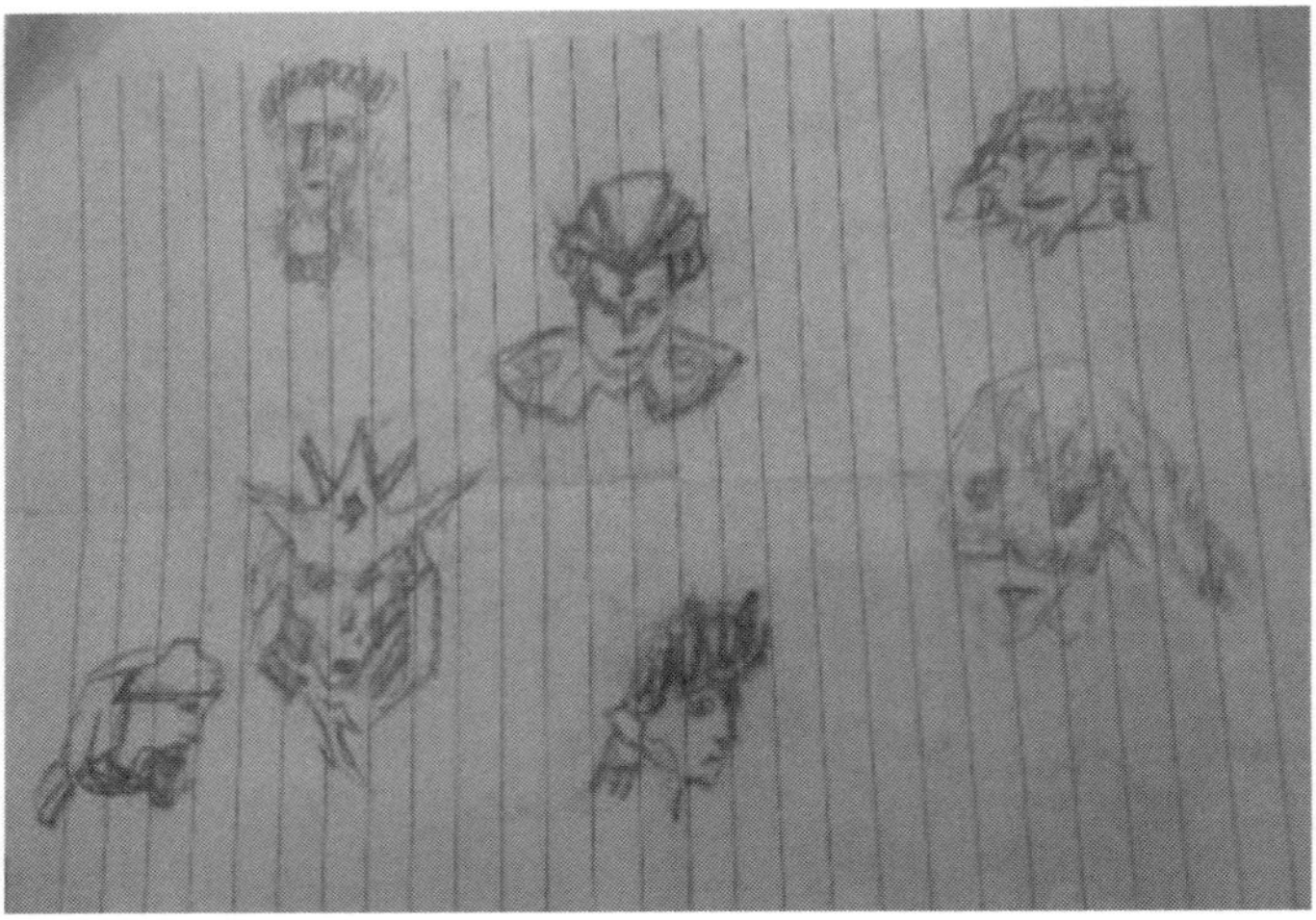

王族のスケッチ５

王族のスケッチ７

王族のスケッチ６

「どこで何に使ってもいいし、ベネットという名前も出してもらってかまわない」といって。

Ｔ社　そうなんですか。

保江　貴重な体験をさせてもらいました。だって、ニュー山王ホテルは普通に入れる場所ではありません。

あそこを警備するのは、自動小銃かハンドガンを携帯した日本人ですが、厳重に取り締まられています。アルバイトなのか正社員なのかはわからないですが、仕事が終われば武器は返すのが決まりで、ホテルを一歩出れば一般の日本人に戻るようです。

日本で自由に射撃できる場所は米軍基地の中だけですから、射撃が好きな僕には羨ましいですよ。若ければ、そのアルバイトに応募したいところです。

事前にパスポートを持ってこいといわれましたが、最初は東京の一般的なシティホテルだと思っていました。ところが、入り口で「パスポートを見せろ。何しに来た？」とケンもホロロで、日本人の警備員以外にＭＰまで出てきて、根掘り葉掘り聞かれました。テロリストにでも疑われたのでしょうか。

一向にらちが明かないからベネットさんの携帯に電話したら、すぐに来てくれました。僕の名前を確認したベネットさんが何かいった途端、周りの強面たちの態度ががらっと変わったのです。

「ようこそいらっしゃいました。どうぞどうぞ」という感じに。スーツに身を包んだベネットさんは、あのホテルでは重要な人物だったようです、ボーイさんはコーヒーを恭《うやうや》しく差し出すし、ある程度、信頼できる人に思えました。


先ほどの海底油田火災に話を戻すと、最終的には、王族を奪いにきた革命派を撃退できたそうです。おそらく、もう来ることはないだろうと。

なかなか鎮火できずに大騒ぎしたあの火災のニュースは、いつの間にか流れなくなりましたね。うやむやにされたのです。ブリティッシュ・ペトロリアムへ地元の漁業組合が補償金を請求するうんぬんの話も、立ち消えになったようです。


だから、ベネットさんの爬虫類型宇宙人の王族がいるという話から判断すれば、確かにUFOが存在するらしい。

単にアブダクションを受けた人が、反応装置のようなもので記憶を植え付けられたということでもなさそうです。身体を持っている宇宙人の王族のような存在がアメリカやロシアに匿われているのは、どうやら本当のようですね。

それに、もしベネットさんの話がフェイクならば、どうして僕をわざわざ遠方から米軍専用のホテルに呼びつけて、そんな話をしなければならないのか？　その労力だって大変でしょう。広島のＵＦＯじいさんだって、わざわざ僕を呼んで「月の裏に行ってみないか？」と誘うのです。

全国に名を知られる著名人を騙すというなら理解できますが、僕を騙したところで日本や世界に何の影響も与えない。そんなところが、僕が彼らを信じる一番大きな根拠ですね。

Ｔ社　ぜひ、月の裏まで行ってきてください。

保江　やっぱり、行ったほうがいいでしょうか。

Ｔ社　もう一つ根拠を固めるためにも。

保江　身体ごと行くのはヤバそうだから、空間に穴を開けて腕だけ伸ばして月の石ころを拾ってくるとかできればいいですね。あるいは、アポロが着陸したとされる場所に穴を開けて、記念になりそうなものを引っ張ってくるとかね。

毎晩、就寝前に月の裏に行く練習はしています。巫女様からもいわれましたから。

僕の部屋がある建物は、築40年の古いマンションだから壁が分厚いんです。

だから、その壁に、ドクター・ストレンジみたいにふわっと穴を開け、その向こうが月の裏側だという設定にしているのですが、なかなか気持ちが乗りません。

先ほど、僕が「初めてオーラが見えた」といったのは、その延長線上の出来事だったのです。

三木家の巫女様がいうように、もう少し訓練を積めば月面にも行けるかもしれません。

H社　反重力の115番元素もあることですしね。

保江　そういうことか、115番元素を持ち帰ればいいわけですね。これで一つ、目標がクリアになった。「次は月の裏側じゃ」と巫女様がおっしゃるのは、みんなの目が覚めるような証拠を持って帰れ、という意味だったのでしょう。

Ｔ社　よく巫女様からいただくといわれる、水晶を置いてこないとダメなんじゃないですか？

保江　それがね、いつもは「これを持っていけ」と水晶をくださるのですが、今回はなぜかなし。「次は月の裏側じゃ」とおっしゃるだけで。

Ｔ社　結界を張るということではなく、別の意図だったわけですね。

保江　「もう、月の裏しか残っていない」とおっしゃるのです。だから、水晶を置いてくるのではなく、１１５番元素のようなレアなものを取ってくる、ということかと思われます。

６人の理系エンジニア全員が説明できない響さんのマジック

保江　響さんの話に戻りますが、お店に行ったときに僕が撮った、電球を光らせている写真がありますよ。
僕の手と電球、それに響さんの手しか写っていませんよね。
ほら、こんなに光っています。

Hivikさんの超能力 1

Hivikさんの超能力 2

H社　響さんは、手をかざしているだけですね。

保江　響さんによると、来店したお客さんには、いつも最後にパナソニックの白熱電球を光らせてみせるそうです。驚いたお客さんは帰ったあと、それぞれがあっちこっちで話題に上げるでしょう。

「いやあ、すごいマジックだった。パナソニックの電球が電源をつながずに光ってた」とかいって。その噂がパナソニックの本社にまで伝わったらしく、副社長さんが店に現れたというのです。

「ウチの白熱電球を、超能力で光らせているんだってね」とかいう感じだったのでしょう。

副社長の目の前でやってみせると、

「やっぱり超能力って、ホントにあるんだなあ」と感心して帰ったそうです。

そのあとに来たのが、住友金属の研究員6人。スプーン曲げやコイン曲げも目の当たりにして、「なんでこんなことができるんだ」と驚き、全員が首をひねりながら帰っていったそうですよ。

H社　エンジニアが、検証しにくるくらいの場所なのですね。

保江　みんな、まずは疑ってかかる。でも、目の前でやられるので、もう疑いようがないのです。理科系出身のエンジニアが全員、驚愕と感動で目を見張るわけ。

T社　そういう未知のものに興味を持つというのが、本来のエンジニアの姿かもしれません。

H社　ところで、この写真の響さんの手が光っていますが、これはどうしてですか？　赤く光っているでしょ。

保江　単に僕のガラケーのレンズのハレーションじゃないかな。でも、本当だ。いままで気づきませんでした。拡大して見なかったから。

H社　それは、霊ですよ。

保江　ええ？　光が入ってこういうのが出ることはよくあるけれど、確かにそれとはちょっと違いますね……。こっちが光っている。光のそばならは光学的にハレーションが出るけれど、これは全然違いますね。

H社　私はそれを見て、すごく違和感がありました。

保江　なんだか、背筋がゾゾゾッとしてきた。第一、響さんの手なんかこれまで見ていなかった。電球の光だけを見ていましたから。すごいな、これ。

H社の元UFO特命係長が霊能力をカミングアウト

H社　実は私、見えるんです。人にいったことは、ほぼないですが……。人が死ぬところも見えるんです。

保江　えっ、ホント？　すごいな、それは。いつ頃から？

H社　幼い頃からです。昔は怖くてね。風呂に入るときも、目を閉じると怖いんですよ。何かされるんじゃないかと思っていたんです。

風呂では、まばたきもできるだけしないようにして、頭からお湯をかぶるときも、ずっと目を開けたまま周りを警戒していました。

保江　そうだったの……。それで、この写真に気づいたのですね。

H社　写真でも、時々そういうものを見かけます。

保江　この光、なんとなく構造がありますね。別次元への入り口みたいな感じ。

T社　構造とおっしゃいますと……。

保江　単にのっぺりした光じゃない。

H社　立体的でね。透けて見えています。

保江　写真でよくあるハレーションなら、こんなに構造的ではないですよ。すごい。ありがとうございます。まったく見過ごしていた。響さんの超能力は、まさにドクター・ストレンジ級ですね。それを見抜けたH社さんもすごいです。

H社　私は、横須賀学院の出身です。三浦半島にある唯一のミッション系高校で、横須賀の米軍基地のすぐ横にあります。
　それで、高校の前に、死体安置所があったんです。そこは、撮影禁止なんですよ。

保江　あの辺はね。アメリカ海軍の基地があるから。

H社　いや、そういう意味ではなく、カメラで撮ると写ってしまうからです。

保江　軍事的なことではなく、変なものが写るのですね。

H社　はい。写真部の人間からは、「校内では撮らないように」といわれていたのですが、当時の彼女に「撮ってよ」と頼まれて断れず、シャッターを切ったところ、見事に写るんです。地縛霊だと思います。本当に顔まではっきりと見えるんです。どうして撮れるかは不明ですが。

時々、心霊写真を見せられますが、ニセモノが多いですね。本物はそんなものじゃないので、だいたいわかります。保江先生も写真がご趣味だそうですが、私もカメラ好きなので、いろいろ撮りましたよ。

保江　霊を？

H社　はい。ただ、自分が見えているところを狙おうとすると、不思議なことに写らないのです。でも、どうでもいいときに写ります。その違いがわかりません。

保江　不思議ですね。

H社　不思議なんですが科学的に説明できないから、誰にもいわないことにしました。先ほどの高校では、敷地内で撮ると、たとえ私が見えていなくても霊が写っていました。

T社　いまも見えるんですか？

H社　見えますよ。

T社　無条件で？

H社　無条件というか、どこかのビルに入ると、中を霊が歩いているのをよく見かけます。昔は怖かったけれど、だんだんと怖くなくなりました。

保江　いまはどうですか。

H社　怖くありません。危害を加えてくるわけではないので。

保江　見える以外に、会話することはできるのですか？

H社　できません。できる人もいるようですが、私はただ見えるだけ。

保江　それは、人間の姿をしているんですか。

H社　人間の姿です。でも、身体の一部の場合もあります。実は、私のオフィスビルにもいるんです。常々、調子が悪いなと思ってはいるのですが……。

T社　それは、外国の方ですか、日本人ですか？

H社　みんな同じに見えます。

保江　いわゆる、座敷わらしみたいな感じ？

H社　普通に大人に見えますね。座敷わらしも、おそらく、現場に行けば見えるんじゃないかと思います。でも、あれは不思議ですよね。確かにいるとは思いますが。

保江　その霊に向かって、「どこかに行ってくれ」なんて語りかけてもダメ？

T社　話しかけたことはありますか。

H社　小さい頃にね。怖いから、「こっちへ来るな、来るな」とよく声を上げた記憶があります。

T社　目と目が合うような感覚はあるんですか。

H社　お互いに目が合うから、近寄ってくるのです。

保江　自分の存在が見える人間がいると思って、何かを伝えようとしているのでしょうか？

H社　そうかもしれませんが、私はただ見えるだけです。

保江　すぐ近くまで来るのですか？

H社　あまり近づきませんね。

保江　ある程度の距離を保ったまま、ずっとこっちを見ている感じですか？

H社　ただ、そこにいるという感じですね。何とも表現できません。

H社の社屋の前によく出る場所があったのですが、そこは通勤路なのです。私がそこを通るとき、いつも立っている霊がいました。

「どうしていつもここに立っているの？」と心の中で質問すると、「ちょうどこの場所で車にひかれたんだ」という返事のような意識が伝わって、わかることがあります。そういうことはよくありますね。

保江　T社さんは、そういう能力は？

T社　私は特にありません。ただ10代から20代ぐらいにかけて、睡眠中に何かが覆いかぶさってきたことは何度かあります。あとは、幽体離脱みたいな体験が１、２回。その程度です。

保江　なるほどね。Ｈ社さんは、霊が見える能力が、ＵＦＯ・宇宙人への興味に関係したのですか？

Ｈ社　それはまったく関係していません。

同僚の死期が見えた

保江　Ｈ社の社員さんに、霊が見えると知らせたことは？

Ｈ社　一度もいったことはありません。ただ、何度か同僚に、「体に気をつけろよ」と伝えたことはありますね。

保江　変なものが取り憑いていたのですか？

H社　「こいつは、もう半分あの世に行っちゃっているな」と思ったので。間をおかず、やっぱり亡くなってしまいました。

彼は私の友人で、精神的にかなり参っていました。「自殺するな」と予感したら、そのとおりになりました。彼のことはずっと気になっていたので、何度かアドバイスはしましたし、「調子は悪くないから大丈夫。心配するな」とか声をかけていたんです。

でも、そのときには、どこかが違うように見えました。

T社　なにかがオーバーラップしているような感覚かな。

H社　「向こうに行っちゃうのかな」と思ったその2日後ぐらいに、「首を吊った」という連絡が来ました。

保江　なるほど……。霊は、やっぱりいるんですね。

H社　いるんでしょうね。

保江　東日本大震災のときの話も聞きますよね。

H社　ええ。3．11の後は、実際にタクシーの運転手が霊を乗せたという話もありましたね。

保江　東北学院大学の4年生がそれをヒアリングして、『呼び覚まされる霊性の震災学』（新曜社）という本にしたでしょう。

H社　そうだったのですか。

保江　ものすごい内容です。感動する一方で、身近でもあることなのかと思って。

僕は、東京ではよくタクシーを使います。

乗るたびに、「幽霊を乗せたことありませんか」と運転手さんに聞くようにしているのですが、いままで二人の遭遇者がいました。

一人は、青山霊園の近くにある地下を走る、六本木トンネルでのことだったそうです。青山墓地の墓から、埋葬されている遺骨を改葬してトンネルにしたので、墓にいた霊が迷いだしてトンネルの歩道に立っていることがあるとか。

タクシーの運転手さんはたいがい、客に指示されない限りは、六本木トンネルは通らないそうです。

H社 そういえば、逗子街道のトンネルで、有名人が幽霊と遭遇したという怪談話を知りませんか?

保江 どのような話ですか?

H社 それは、逗子市の小坪トンネルで、通称「お化けトンネル」と呼ばれています。霊がよく出ると有名な場所で、すぐそばには火葬場もあります。

学生の頃は、そこを頻繁にバイクで通っていたのですが、なぜか一度も幽霊に会ったことがないのです。ですから、巷でささやかれる怪談話というものは、眉唾だなと思っています。

数年前に父が亡くなったときのことですが、最後に見舞ったのは、私が海外赴任になる前日でした。入院中の父に、

「俺、行っていいの?」と聞くと、

「まだ死神が立っていないから、大丈夫だ」というので、後ろ髪を引かれる思いで出発しました。

しかし、渡航先に着いたその晩に、「お父さんが危篤だから、すぐに帰りなさい」と電話があったのです。とんぼ返りで帰国しましたが、父の臨終には間に合いませんでした。

後日、母から聞いたのですが、自宅で飼っていた犬が、ちょうど親父が息を引き取る時間頃に遠吠えし続けたそうです。いままで聞いたこともない吠え方だったといいます。

保江　わかるからね、犬は。悲しみの遠吠えですね。お父さんが離れていく姿が見えたのかもしれない。

タクシー運転手の幽霊エピソード――残された３千円

保江　タクシーの運転手さんの話に戻りますが、もう一人に聞いたエピソードです。

僕が乗り込んだ瞬間、この運転手さんはミラーを介して僕をじっと見つめると、

「びっくりした」と声を上げました。

実は僕のファンで、休憩中などにスマホで僕の出ているYouTubeをよく見ているとか。車を流していたら、YouTubeでよく見る人物が手を上げていたから、驚いたということらしい。

品川駅まで行く間、

「この前、YouTubeで、3．11で亡くなった人たちがタクシーを止めて乗った、という話をされていたでしょう。東京も多いんですよ」と運転手さんからいい出して、いくつかのエピソードを聞かせてくれたのです。

その中で、「これは普通じゃないな」と感じた話がありました。同僚の体験談だということです。


ある日、道端で手を上げている女性を乗せました。目的地に着いて、「○○円になります」といって後ろを振り返ったところ、そこには誰もいませんでした。自動ドアを開けてもいないのに。そこまではよくある話なので、「幽霊か」と思いつつ後部座席を見ると、千円札が3枚置いてあったという。代金は、2000いくらかだったので、不足はありません。

幽霊が、物質化したお札を使ったのだろうか、とその人は話していたそうです。

「そのお札はいまどこにあるんですか？　すごい証拠ですよ」と聞くと、その同僚も記念に取っておきたかったようですが、メーターの記録と合わないといけないので、他の売上金と一緒に会社へ渡してしまったそうです。もったいないなぁ、と思いました。

東京のタクシー運転手さんが霊を見る機会は、意外に多いんですって。

なんで、タクシーの運転手はそんなに霊に遭遇するのかな、とふと思いました。六本木トンネルは、僕も何度も通っていますが、見たことがないです。

H社　保江先生は、そうした霊たちとは関係がないんですよ。

保江　関係ない……。そういうことですか。

いま、ふと思い出したことがあります。

去年のゴールデン・ウィーク明けの頃、何人かで集まって飲んでいました。その中に、一人だけ変わった男性がいました。都内で犬猫病院を経営している、獣医さんです。

彼は、毎週金曜の夕方に病院を閉めた後、車で八ヶ岳に向かうのです。そして、諏訪大社に一番近い山の頂上に行って、いつも決まった岩の上に座って瞑想をする。それを月曜の早朝まで続けるという。もう何年もの間、ずっとそういう修行をされています。

冬は当然、雪が積もる。遭難者に間違われ、パトロールをしていた山岳救助隊が助けに来たこともあったそうです。「俺は大丈夫だよ」といって追い返したようですが。

それで、冬であろうが軽装で山に入るそうです。普通であれば死の危険を伴うのに、彼は大丈夫なのです。

そうして何年も山で修行を積むうちに、いろいろなものが見えるようになったとか。悟りを開いて、本も何冊か出版しています。

僕が、

「そこまでしないと悟れないものですかね。僕にはとても無理です」と問いかけると、

「厳しいですよ。僕はいまでもきついと思っています」と率直に答えてくれました。

「もっと簡単に悟れる方法はありませんか?」と再び突っ込むと、

「ありますよ」と。

「じゃあ、それを教えてください」とお願いしたところ、なんのことはない、車の運転だと

いう。

車の運転で悟りを開く？　拍子抜けするような回答でしょ。T社さんとH社さんには、耳に心地いい話でしょうけれど（笑）。

獣医さんは続けて、こういうのです。

「ただし、目的地まで急ぐような気持ちで車を走らせてもダメです。気分よく、ただひたすら走らせることです。そうすれば、右脳モードに切り替わり、変性意識状態になって悟りに近づきますよ」

「なるほど、確かに自分も同じだな」と、獣医さんの答えがすとんと腑に落ちました。

僕も大の車好きで、何もすることがないと運転をすることがよくあります。目的なしに、リラックスした気分でね。

獣医さんはこうもいいました。

「悟りの境地が一種の変性意識状態だとすれば、座禅や滝行もダメです。雑念が出るから」と。

でも、車の運転は山のてっぺんに座るのと同じ効果が現れることがあるそうです。

それを聞いて、再び納得。車を運転していると、時に啓示を受けることがあるからです。

僕が理論物理学者として認められるようになったヤスエ方程式を閃いたのも、ドイツのアウトバーンを時速200キロでぶっ飛ばしているときでした。

それから、カーナビが50メートル先の右折を指示しているのに、なぜかハンドルを左に切って助かったこともあります。カーナビの指示に逆らったことで、事故渋滞に巻き込まれずにすんだのです。

ただし、運転免許の取り立てではダメだそうです。免許証を交付されたばかりの初心者が、ハンドルにしがみつくようにして運転しても、そうした効果はない。なぜなら、左脳で運転しているからです。

そうではなく、運転しながら同乗者と普通に話をしたり、近くを歩く美女の姿にときめいたりしながら、車と一体になったかのように自然な運転が、右脳モードに切り替わって変性意識状態になれる秘訣だ、と教えてくれました。

タクシーの運転手さんで長続きしている人には、運転好きが多いでしょう。普通のオフィスに勤めるよりも性に合っていると思う人が、運転の仕事を選ぶのだと思います。

そういう人が運転すると変性意識状態になりやすく、結果的に幽霊を乗せたりするのではないのかと思いました。

パート3　宇宙人のテクノロジーを未来の車に生かす

リーンバーンエンジン――日本車は世界を浄化している

保江　Ｔ社は昔から、「Fun To Drive」のスローガンを掲げてきたけれど、単なるモビリティ、移動のための道具としてだけではなく、「変性意識に切り替わる車」みたいなコンセプトで売り出せる車種があったら楽しいかなと思うのですが、いかがでしょう。

「走ると悟れます」とか、いいでしょう？

まずは、Ｔ社さん。

Ｔ社　昔のＴ社には、「車は移動のためだけではなく、いろんなことに有効である」というようなことをおっしゃった方がいました。それを商品力に生かせと。

保江　あったのですね、そういうことが。

Ｔ社　例えば、排気ガス問題がたけなわだった頃、「走れば空気をきれいにする」というコンセプトを打ち出す人もいました。あとは、「車を走らせると健康になる」とか。

でも、「走ると変性意識に切り替わる」というのは、さすがになかったでしょうね。

H社　リーンバーンエンジンと触媒により、走れば走るほど空気がきれいになるという機能を持たせられるようになったのですよね。特に、都内を走るときに有効です。

保江　どんなエンジンなのですか？

H社　リーンバーンは、エンジンの燃焼についての用語です。燃料は、空気中の酸素を使って燃焼します。

燃料と空気の量には、一定の比率があるのです。燃料が多いと燃え残って排気ガス中の炭化水素が増え、逆に燃料が少ないと燃焼が不安定になり、エンジンに不具合が生じます。

その燃料が最も少なく希薄に燃える状態を、リーンバーンと呼ぶのです。

燃費向上の技術開発によって、燃料が少なくてもエンジンがうまく動くリーンバーンエンジンが実現したわけです。

1990年代前半くらいから、リーンバーン運転が流行しましたが、あの時代は、リーンバーンエンジンが、排気ガスで汚染された東京の空気をきれいにしてくれたのです。

保江　あの頃は、夕日がきれいだった。

H社　はい、本当にきれいでした。

保江　車が、空気清浄機の役目を果たしていたのですね。

H社　そういうことなんです。その前までは、環八のスモッグなど、本当にひどかったですから。

保江　いまはスモッグはないですね、確かに。

H社　いまはもうきれいなものです。東京にこれだけ車が走っていても、空気は汚れていません。規制をかけた車ばかりが走っているので。

プリウスもそうですよ。プリウスの排ガスは、ロサンゼルスの空気よりもクリーンだといわれました。

アメリカでは車検がないから、みんなモクモク煙を吐いて走っているんですよ。東南アジアもそう。

T社やH社などの日本のメーカーがいくらクリーン機能がついた車を売っても、排気ガスをジャンジャン出す車がまだまだ、いっぱい走っています。

世界のすべての車が日本車になれば大気は浄化され、地球温暖化の阻止にも貢献できますよ。

保江　逆にいえば、T社やH社の車が走って空気を浄化してくれているからこそ、バンバン煙を吐いて走る車がいても、まだこの程度の大気汚染ですんでいると。

H社　そういうことですね。

保江　僕が高校生の頃までは、光化学スモッグ注意報とかありましたね。

H社　いまはないですよね。乗用車以外の、バスやトラックにもみんな規制がかかっているので、排ガスを出さないですし。

保江　僕の住まいのすぐ裏には、首都高速2号目黒線が通っていますが、洗濯物も汚れないし、騒音もほとんどない。臭くもない。

H社　それはもう、日本の自動車メーカーの涙ぐましい努力の成果です。これだけは、はっきりと誇れますね。

T社　それはそうですね。

保江　日本車が世界を浄化している……、宇宙人もその実情がわかれば、日本に味方したくなりますよ。

H社　ただ、矛盾もあるんですよ。いまは、猫も杓子もEVがクリーンだといっていますが、その裏では火力発電所でCO2を出しまくっていますからね。

保江　CO2排出問題でみんなピリピリしていますが、ロシアとウクライナの戦争で、ウクライナは暖房設備を壊されて、石炭を燃やし始めたでしょう。

トルコであった大地震でも、夜になると寒いから、国が配った石炭を燃やしていました。

世の中が平穏なときは排出ガス規制を厳しくして、石炭の使用をやめさせようとしても、いざ世の中が混乱すると寒くて仕方がないから誰も批判をしなくなる。生存権があるからね。「石炭を燃やさなかったら、俺たちは凍え死ぬ」といわれれば、政府もお手上げです。

H社　２０２２年の数値では、日本はＣＯ２排出量を25％も削減したんですよね。中国やアメリカでは、むしろ上がっていますよ。イギリスとノルウェーが、ほんの少し下がっただけで。

その中で、日本は25％と圧倒的に下げた。それなのに、「日本は何をやっているの？　もっと努力しろ」とか世界から責められていて……、「何をいっているんだ、こいつら！」って……むちゃくちゃ頭にきました。

保江　日本叩きが彼らの日常だから。

H社　そうなんです。まったくもう、ひどい話ですね。

日本車に乗れば悟りの境地に到達する？

保江　先ほどの話に戻りますが、「日本車が世界を走れば走るほど地球環境が改善される」ことに加えて、「日本車が世界を走れば走るほど平和になる」とか打ち出せればいいですね。
「日本車を運転すると、悟りの境地に近づける」など、いろいろとコンセプトはあると思うのです。

いまは実証できませんが、きっと効果を発揮できるのではないでしょうか。日本車のアピールポイントは、まだいろいろあると思います。

H社　最近の車って、乗っていると眠くなるんですよね。

T社　歳のせいじゃないですか？

保江　ちなみに、いまはどんな車に乗っているのですか？

H社　H社のストリームです。もうだいぶ古い、15年落ちですから。

シャコタンでサスペンションが固く、ガタガタします。マフラーも交換していて、音がうるさいんですが、何だか眠くなるんですよね。スピード規制がありますから、当然、眠気が吹き飛ぶようなスピードは出せませんしね。

T社　オートマだからじゃないですか。マニュアルだったら眠くならないのでは。

H社　変速は全部、パドルシフトでやってはいるのですが。

保江　T社さんは、以前プリウスに乗っているとうかがいましたが、いまもですか？

T社　はい。最近のT社は、興味をそそるような車があまりありません。そんなこともあって、ずっと乗っています。

H社　H社もね、なんだか魅力がないですよ。新しいのを買おうと思っても、触手を伸ばしたくなるような車がない。

T社　特にT社は、もうほとんど電気自動車ですから。正確に表現すれば、電子部品自動車です。特に安全関係については、なんでそんなに金を払うんだって感じです。

アナスタシアの民がもつ物質の魂への共鳴力

保江　さて、先ほどの獣医さんの話に戻りますが、「運転したら悟りを開けるよ」と教えていただいて、大いに納得しました。

僕自身の経験でも、荒《すさ》んだ気分のときがあっても、運転をすると短時間で解消できるのです。車に乗っていると、新しいアイデアが浮かぶことも多い。研究室でコツコツやったって、全然ダメなときはダメですからね。

車に対しても、まるで人格があるかのように声をかけるといいですね。その日に初めてドアを開けるときには、「今日もよろしく」、エンジンをかけるときは、「頑張ってや」とか。

そうすると、車もすごく調子がいい。僕だけの現象かなと思いましたが、違うのです。知り合いの営業マンも、営業車に声をかけて、とても丁寧に乗っています。運転は丁寧じゃないけれど、車に対しては優しいのです。

会社側は、定期的に営業成績とガソリンの消費量を棒グラフにするらしいのですが、彼のガソリン消費が一番少ないそうです。

そのグラフを見た営業所長と社長が、「お前が一番、仕事をサボっている」といってきたので、彼は、

「サボってなんかいませんよ。売り上げを見てください」と堂々といい返しました。

確かに、彼の営業成績は社内でトップなのです。

「じゃあ、車を使わずに営業しているのか？」と、上司たちは不思議そうだったといいます。

車に声をかけてあげて、大事に扱っていれば、燃費がよくなるのですね。

後日、彼を助手席に乗せて、僕が運転したことがありました。すると、反対車線の対向車を見て、

「ほら、あの車は荒っぽく扱われていますよ」と彼がいうのです。

「なんでわかるの？」と聞くと、

「車が泣いていますからね。車が苦しんでいるとか、喜んでいるとかがわかるようになったのです」と。

H社　燃費を上げるときには、裸足で運転すると効果が上がりますよね。

T社　そこまで低燃費運転を目指したことはないですが、おっしゃる意味はわかります。

H社　裸足の親指だけで、アクセルやブレーキの踏み具合を微妙にコントロールするんです。なるべく踏み込まないようにして。

いったん上げたスピードは、できるだけ落とさないようにすると燃費は上がりますよね。

保江　理屈ではそうなりますが、この営業マンの場合はそうしたテクニックは関係ありません。普通に愛情を注げば、車だって応えてくれるんです。

日本人って、道具をとても大切にする民族でしょう。物に魂を吹き込むというか。

だいぶん前になりますが、T社さんと僕が二人で、先述した赤松瞳さんに会ったときのことです。

赤松さんの、ロシアのサンクトペテルブルグにあるという、宇宙人とロシア政府が共同でU

ＦＯを研究している施設での話の中に、宇宙人がテレパシーでどっと送ってくる情報を解凍して、ロシアの科学者がそれを読み取るというものがありました。ＵＦＯについての情報でもあって、作成のために図面におこしたり、さまざまな部品を作ったりしたそうです。

ところが、指示どおりに正確に組み立てたのに、一向に動かない。

そこで、宇宙人に聞いてみると、

「そんな科学者やエンジニアがやったってダメだ。アナスタシアの人を連れてこい」と命令されたというのです。

アナスタシアの人は、シベリアの未開の地に住む民族です。

「どうしてその民族ならできるんだ？」と聞くと、

「部品にも魂がある。ただ組み合わせてＵＦＯを作ったところで、一つひとつの魂がつながっていないから動くわけがない。でも、アナスタシアの人が心を込めて組み立てれば、部品の魂がまとまって一つの魂になる。それで、空を飛べるようになるのだ」と。

実際にアナスタシアの人に来てもらって組み立てたところ、本当に飛べるようになりました。

車も同じです。日本車の性能がいいのは、やはり工員さんの組み立て方が違うからでしょう。

日本人の特性を持っている人なら、ＵＦＯを組み上げるアナスタシアの人たちのように、心を込めるはずです。

アナスタシアの人というのは、宇宙人の末裔ともいわれています。我々日本人も縄文人、つまり、宇宙人に近いのであれば、やはり日本人が組み立てた車にも魂が宿るということです。

要は、魂同士をつなぐということなんです。

Ｔ社　つまり、単に操縦するだけではなくて、ＵＦＯにもちゃんと納得してもらわないと飛んでくれないというわけですね。誰かがそんなことを書いたものも、読んだことがあります。おそらく、原子もその次元まで進化するのですね。宇宙では進化の度合いが違いますから。

Ｈ社　まるで、エヴァンゲリオンのシンクロですね。

保江　我々現代人は、パソコン、スマホから始まって、さまざまな道具を使いこなしますが、自動車はどこか、ＵＦＯ、宇宙船に近い存在であるような気がします。

僕も、最近の車はどれも面白くないとずっと思ってきました。

気がついたら、中古の30年、40年前の車とか、新しくても15年前の車しか持っていない状態になってしまいました。

たとえ、何十年も前の車であろうと、新しいものより面白くて楽しいし、運転しているうちに右脳モードに切り替えやすいのです。まさしく、自分が「操縦」している気分になれる。

少し前に、ベンツの15年前のCLSを買いました。でも、PCU（パワーコントロールユニット）がイカれてしまったのです。代理店のヤナセでは部品がなかったので、CLS用の新しいPCUをドイツから取り寄せて、うまく修理をすることができました。それ以来、本当に心地よく乗っています。

僕は、いままでいろんな車に乗ってきました。日産ブルーバード、チェリー、T社のマークII、H社のオデッセイ、ロードスター、外車では、ポルシェ、ランチャー、ベンツ、ミニ、BMWですね。

ベンツは3台ぐらい乗り潰してしまい、今回のCLSがベンツ4台目です。そして、

「この車は、自分の身体の延長だ」と初めて感じました。

それまでの車は移動の道具にすぎず、操作しているという感覚しかなかった。

でも、このCLSだけは、不思議なことにぴたりとフィットする。ドアミラー、タイヤ、フェ

ンダーの先からリアバンパーに至るまで、自分の体の延長感があるのです。

特に、加速するとき、減速するとき、曲がるときに、僕の気が車体の隅々に行きわたっている感覚がある。こんなことは初めてです。

普通、加速時と減速時に身体がわずかに遅れる感じがするでしょう。前後に揺さぶられるような。ＣＬＳには、それがないのです。

自分の身体が動くと同時に加速・減速する。このＣＬＳこそ、獣医さんが教えてくれた、右脳モードで運転できる車、変性意識を維持しやすい車なのだろうと実感しましたね。

車庫に置いた愛車を時々うっとり眺めるのですが、いまのＣＬＳと違い、15年前に製造されたＣＬＳは、僕の目にはＵＦＯにしか見えない。

メルセデス・ベンツ CLS

T社 流線形なのですね。
保江 どうせ作るなら、こういう車を作ってほしいものですね。
H社 車もレース用ですと、幅なども、センチオーダーで作れますからね。私は以前、ずっとレースをやっていたのでよくわかります。「人馬一体」ならぬ「人車一体」じゃないといけません。

保江　そうそう、人車一体という感覚！

T社　なるほど、面白いですね。

自動運転車は、もう車じゃない

保江　「いまの車は面白くない」というのが、三人の共通した意見ということですね。もう、安全装置が過剰すぎます。僕らの世代は、バックするときには運転席のドアを開けて後ろを見たものです。

H社　私は、いまでも開けますよ。

保江　いまのベンツは、ドアを開けた瞬間にエンジンが止まるだけでなく、ギアがパーキングに入ってしまうので、もう危なくて仕方がない。ドアを開けた瞬間にガキッと不快音がするから、「どうしたんだ？　どこかぶつけたかな？」とビクッとなります。

T社　それは怖いですね。

保江　本当に怖い。仕方ないからドアを閉めて、エンジンをかけ直しますが。バックするには、バックモニターに頼るしかない。

でも幸い、15年前のCLSはそうなっていないのです。中古で買うときに、ドアを開けてバックしても大丈夫だと確認しました。

それから、この先、全部が自動運転になったら最悪でしょう。

T社　自動運転車は、もう車じゃないです。

H社　そう、車じゃない。あれは別物です。

保江　自動運転車に乗ったって、右脳モードには絶対に切り替わらないし変性意識にもなりません。別に、自動運転車は作るなとはいわないけれど、運転好きのマニアはいつの時代にもいるということを知ってほしい。
　自分の手足の延長になるような車を作り続けることが、日本のため、世界のため、将来の人類のために必要なことなのです。
　そのほうが、優秀な人材が出やすくなると思うんですよ。

H社　次のT社の社長はどうですか？（編集注：収録は２０２３年６月以前に行われました）

T社　私の知らない人ですね。

H社　現在は会長職の豊田章男氏は、変人扱いされていたじゃないですか。モータースポーツに取り憑かれて、ＮＧのスタンプを押されちゃったのでしょうね。
「あんなに車を作っているのに、レースで勝てない」といわれていました。

T社　そういう意味では、「俺は車屋だから、つまらない車を作り続けるのなら社長の座から降りる」なんていうのはありますよね。

今度の社長は、確かAE86（＊1983年に発売された4代目カローラレビン／スプリンタートレノの共通車両型式番号。通称ハチロク）を持っています。

H社 そうそう、持っているんですよね。

T社 車好きだけれど、僕らと同じ意味での車好きではないかもしれません。

H社 古い車が好きなんですね、きっと。

T社 章男さんは、車屋としては抜群に強かったですね。

H社 T社っぽくない方でしたよね。むしろ、H社っぽいことをいつもいっていて。H社をパクっていることをいっているなと思ったことが何度もあります。

保江 H社のカリスマ創業者みたいな強烈な個性がどんどん削られると、すっかり丸くなってしまうのですね。ごく普通の人が社長になると、車も標準的というか、没個性的になってしまうのでしょうか。

本田宗一郎さんみたいな人が、また現れてほしいですね。

H社　もう出ないでしょうね、この先は。みんなホールディングス（＊持株会社が、傘下のグループ企業〈子会社〉を統一的に管理する組織形態）になってしまったし、個性的な社長が生まれにくい環境になっていますから。

みんな、ホールディングカンパニーからの派遣ですよ。

T社　ベンチャー企業が出てくれれば、革命的なことをやってくれる可能性もありますが、自動車産業の場合、歴史が長いですからね。なかなか新規で立ち上げるのは難しいでしょう。

H社　ベンチャーが出てくることも可能性としてはあるでしょうが、いきなり他の企業が参入してきたとしたら、まず社長は辞めるでしょうね。独自のカラーを出せなくなるから。

T社　巨大産業なので、資金を投入して一から始めるのはなかなか難しいことです。仮にベンチャーでやっても外から金を集めるとなると、どうしても株主主義になってしまいますし、難しい構造だなという気はします。

保江　難しい構造が、日本社会を疲弊させている。そういうホールディングカンパニーから派遣された人が実権を握ることになれば、面白い車なんてなおさら作れませんよね。

T社　どの分野も、ライバルがひしめき合い、血で血を洗う市場であるレッドオーシャンに向かって走っているのですからね。

H社　新しいものは、まったく浮上してこないような。

保江　そうなれば、これからのT社、H社ではUFO研究なんてやらせてもらえないでしょうね。

H社　そういう冒険はさせてもらえないでしょう。

T社　あの頃は、いい時代だったというしかありません。

H社　本当に。昔はよかった。

教育現場に見る斜陽化

保江　「我々の頃はいい時代だったね」と慰め合う図は一番避けたかったのですが……。確かに、自動車業界以外でも、いいところがありましたね。僕のかつての教え子たちがいまは大学の教授になっていますが、昔と違って大変なんですよ。

僕が大学生だった時代の大学教授なんて、ほとんど遊んでいるようなものでした。週に2、3回授業をやって。ほとんど休講にして、講義にわざと遅刻して早く切り上げるなんてことは、ざらにありました。研究室にほとんどいないとか、早い時間から飲みに行って不在だとか。

けれども、教授がそんな状態でも、学生はちゃんと育ちました。

いまそんなことをやれば、とんでもないことになります。国からの予算はカットされるし、教育的指導が入るでしょうね。

僕の知り合いの京都大学の教授は、研究に費やす時間が作れないため、自分の研究ができないわけです。

原因は、大学院生にあります。昔の大学院生は放っておいても、自分たちで勝手に研究して論文を提出したものです。学会でも揉まれながら、研究成果を出して博士論文に仕上げ、学位を取得できていた。

ところが、特にいまの日本人大学院生は、教授に手取り足取り指導されないと何もできません。その点、中国や韓国の留学生は、一生懸命に勉強して、自身で活動するらしいです。

京都のように、放任主義の風潮が残っているところでは、未熟な院生が放っておかれると、論文など一字も書けません。研究をまとめることができずに、5年も6年も無駄な時間を過ごすことになる。

指導教官である教授は、定期的に文科省の査定を受けなければなりません。

何年もの間、大学院生に博士号を取らせることができていない事実が明るみに出れば、「指導力がない」というレッテルを貼られてしまう。指導力がない研究室なら、予算をカットしてしまおう、となるのです。

そうした事態を防ぐためになにをするかというと、論文の代筆です。苦肉の策ですね。指導してもダメな院生であれば、指導教官が代わりに博士論文を書くしかないのです。懇切丁寧に指導しながら書かせたら、もっと手間暇がかかってしまう。そうすると、自分の時間がさらに減ることになるのです。

論文を一つ仕上げてやって、「君の名前で、これを提出しておきなさい」というと、ダメ院生は「はい、わかりました」と喜んで論文を出して、形だけの博士号をもらうことになるわけです。

これで、指導教官に対する文部省の評価が下がることはないという仕組みです。

けれども、院生のお守りで手いっぱいの状況では、自分の研究に打ち込めるわけがない。学会のあとに彼と飲むことがありますが、「昔の大学は天国で、いまの大学は地獄です」と、いつも愚痴をこぼします。

中国人留学生がいれば、指導しなくてもせっせと自分たちで研究して論文を書くそうですが、日本人の、特に男の大学院生は話にならないとか。

こうして、箸にも棒にもかからぬ院生が形ばかりの学位を取得して、社会に送り出されるわけです。日本が沈むのも無理はありません。

H社 そうなんですよ。悲しいかな、それが現実でしょう。

保江 やっぱり、そう思いますよね。

T社 H社さんも、大学院の教授と接点があるんですか。

H社 ある大学と共同研究をやっていて、教授を知っていますから。

保江 その京大の教授は、「助手、准教授、教授として残れる大学院生は、すべて中国人か韓国人だろう」といってます。

H社 日本人の学生は勉強しませんからね。ゲームばかりやって。

保江　宇宙人も、そんな若者たちはUFOで連れ去って、活を入れてほしいものです。日本を護ってくれるなら、教育方面からもお願いしたいです。

T社　本当ですね。

保江　若者のやる気が起きるのなら、ショック療法でも試してほしいです。宇宙人はそのへんもお見通しなはずなのに、なぜ放置しているのか……。

H社　やはり、多くの宇宙人はアメリカ寄りなんですよ。

保江　アメリカ人と一緒になって、日本をどんどんダメにしていくという意図が感じられますね。

H社　現に、アメリカは「半導体の製造装置を中国に売るな」といい始めました。あれを売らなかったらもう、日本の半導体産業は沈没ですよ。もう、腹が立ってしようがない。

自国の半導体産業・自動車産業・電気産業を全部ダメにして、今度は日本の産業もダメにしようと、こんな要求を突き付けてくる。
中国もけしからんですが、アメリカはもっとけしからんと思ってます、私は。

保江　いや本当、アメリカはけしからんよね。

H社　本当に。「何が日米友好だ、同盟関係だ。そんなことといってる場合じゃないよ」と、声を大にしていいたい。
本当に、日本はそんなことをいっている場合じゃないんですよ。
アメリカからトマホークを500発も買うなら、研究費を回して自分たちで作ればいいのです。自国で作れば、予算が付きますよ。500発もアメリカから買うより、どれだけマシかしれません。

保江　そのとおり。いまさらトマホークなんて買わされて。あんなものスピードは遅いし、低空で飛んできたら機関銃で撃ち落とせるくらいです。

H社　そうなんですよ。

保江　それより、陸上自衛隊が使用している短ＳＡＭ（81式短距離地対空誘導弾）みたいな兵器をどんどん増産すればいい。あれは東芝製造だから、性能が抜群なんですよ。
いろんな兵器を自国で製造できるようになればいいのですが、おそらく共産党や立憲民主党、左翼系の人たちが大反対するでしょうね。

Ｔ社　購入より生産がいいというのはありますよね。

保江　国内で生産すれば、技術とエンジニアが育ちます。
でも物理学会ではいまだに軍事研究はダメ。自衛隊との共同研究もダメなのです。

Ｔ社　このタイミングでもダメなんですか。

Ｈ社　まだダメです。大学でも一切ダメ。とにかく軍事をやっちゃダメなんです。学会がそういっていますから。

「お金にならない」と言って閉ざされる進路

保江　本当にいまの大学も大学院も、理系でＵＦＯを研究したい人なんてほぼいないでしょう。

Ｔ社　ＮＰＯ ＡＳＴＲＯ（アドバンストサイエンステクノロジー研究機構）がホームページを開設したり、ブログを上げてたりしても、ほとんど閲覧されない。

保江　普通は見たくなりますよね。

Ｔ社　一時、誰かがSNSにＡＳＴＲＯのブログ記事をアップしてくれて、その瞬間だけパッと閲覧数が上がりましたが、その後、まったく伸びなかったのです。

いまの世の中の流れには、ＵＦＯというテーマがあまり合っていないのかな、という印象でしたね。

保江　興味を持たないのですね。

Ｔ社　そう、興味を持たない。

保江　それは、特に日本で顕著なんです。

まだアメリカやヨーロッパなどには、ＵＦＯに食らいつく若者がけっこういる。

Ｔ社　少し前に、韓国にアメリカのMUFON（Mutual UFO Network）の支部ができたんです。驚きました。

保江　なぜ韓国なのでしょうね。韓国はまだ北と臨戦状態だから、けっこう空を見るからでしょうか。それに比べ、日本は腑抜けというか、平和ボケしているでしょう。

Ｔ社　そういう意味では、天文学を志す学生というのはどうなんでしょう。

保江　数が少ないようです。

むしろ、物理の素粒子論の延長の宇宙論やホーキング系、あとスーパーストリングセオリー（超ひも理論）に興味を持つ若者はもっといます。でも、いわゆる天文学で望遠鏡をのぞいたりとか、電波天文学で銀河系の構造を調べたりとか、そっち方面に進もうとする若者は少ないですね。

H社　お金にならないからですね。

保江　そうそう、お金にならない。

そもそも、高校の進路指導の教員が、「金にならないところには行くな」という指導をするのです。

T社　そんなことをいうんですか。

保江　将来、絶対に食っていけるところだけ推しています。天文学を目指したいという生徒がいても、食べられないなどといって認められない。

T社　「天文学なんかやったって、君の将来を誰が保証してくれるんだ？」という感じですね。

保江　そう。天文学をやりたい高校生がいても、「人生を棒に振っていいのか?」と説得にかかるわけ。

H社　最近は、電気系もダメなんですよ。

保江　電気・電子なんていったら、昔は花形でしたよね。

H社　電子工学は人が来ないんです。

保江　バイオテクノロジーにしか行かないんでしょう。

モノづくりを知らない最近のエンジニアたち

H社　生物工学か情報工学ですね。ただ、情報工学とかいいながら、お絵描きが多いですからね。

保江　本当にお絵描きですよね。右のものを左に移せば、すべてうまくいくなんて思っている連中ばっかりです。

H社　既存のソフトウェアを使って何かをする、そんなのばかりなんです。

保江　そうそう。

T社　モノづくりの半分ぐらいを理解できる程度でしょうか。

保江　実際のモノづくりなんか、想像もできないでしょう。これからの自動車製造も、いったいどうなるんでしょうか。

昔、高速増殖炉がありましたよね。核燃料をリサイクルできるやつ。

H社　「もんじゅ」ですね。

保江　１９９５年に重大事故を起こして、廃炉に追い込まれたでしょう。

H社　あれを事故と呼ぶべきかどうか……。試運転中で、正式稼働までいっていない段階でしたよ、もんじゅは。

試運転が成功すれば原子力が中心になり、その核燃料の廃棄燃料もリサイクルできるようになって、これ以上、高濃度核廃棄燃料が増えなくなっていたことでしょう。

しかし、反対派の圧力がすごく、「そんな危険なものは必要ない！」と。

それで、研究開発が続けられず日本の核開発が途絶えてしまったんです。

保江　確か、廃炉のきっかけは、試運転中に冷却系配管から冷却液が漏れてしまったことでしたよね。しかも、その冷却液は水じゃなくて、何か重金属を溶かしたものだったはずです。

H社　ナトリウムですね。

保江　そう。ナトリウムで冷却するものでした。それが配管から漏れた。それでけちが付いて、すったもんだした結果、稼働しないで終わったわけです。

でも、その事故が起こった箇所というのは、東芝が設計を担当したところだったようです。

漏れた液体ナトリウムは、非常に危険ですぐに爆発するんですよね。液体ナトリウムを通す配管の中に、温度などを測るセンサーを所々に入れていたのです。そのセンサーを配管に埋め込む設計を担当したのが、東芝の東大出身のエンジニアだったと聞きます。現場での叩き上げではない、つまり現場のことをまったく知らない人がそれを設計したわけです。

T社　お絵描きですね。

保江　配管がポキンと折れて、そこからナトリウムが漏れた。その設計図面を見た叩き上げのおっちゃんが、「こりゃあ、無理だよ」って。だってね、センサーのスティックが配管の内部に単に垂直に立てられているだけだったそうです。

T社　配管内に、温度計の鞘《さや》を流れに逆らうように、直角に立てて配置していたのですね。

保江　その鞘も、太管部から細管部に急激に太さが変わる段付きの温度計鞘で、簡単にポキンと折れるものでした。現場叩き上げのおっちゃんは、このスティックを立てて溶接するときに、

「この部分、裾に何か盛らないとまずいよ」と進言したそうです。

それで現場で、スティックと配管内壁の裾部分に溶接の金属を山形に盛ろうとしたら、その「お絵描き」出身の若い設計者が、「ダメだ。俺の設計どおりにしろ」とゴリ押ししたんですって。

おっちゃんは、「これじゃ保たないぞ」とわかっていても、「上がそういうなら仕方ねえ」と、設計どおりに溶接したわけ。その結果、ポキンですよ。

これって、極めて初歩的なミスでしょう？

Ｈ社　だから、事故そのものは大したことないんですよ。

保江　単に液体ナトリウムが漏れ出ただけ。

Ｈ社　そこだけ修理すれば、再稼働できたんです、幸いにして、漏れた量も少なかったから。

保江　でも結局は、世間に危険だという印象を植え付けてしまったわけです。本当に情けない。

僕ら素人だって、「これはまずいよ」と思います。

僕らが子どもの頃に砂遊びで塔を建てるときも、裾のあたりを盛っていましたよね。

それを知らない東大卒って怖いですよ。ガリ勉は、砂遊びもしたことがないのかな。

H社　現場を知らない連中が設計するからですね。

保江　そんな人間が車を設計したら、車だって危ないよね。

T社　車は量産前に何度も試作しますから、そんなに初歩的なミスは見過ごされないです。いまは、試作の回数が少し減っていますけれども。

H社　車は非常に機能、機構が単純なので、繰り返し運転すればデータが集まって、シミュレーションができるようになります。

信用できない「近似法」――ものづくりの大事な工程を省く昨今の風潮

保江　いま、シミュレーションという言葉がちょうど出たのでお話ししたいことがあります。

僕も興味があるのですが、H社も飛行機については、もともと創業者の夢だったこともあり、小型ビジネスジェットが開発されました。T社でも、「飛行機をやろう」という気運があるようです。

そんなとき、昔なら、巨大な風洞に2分の1スケールや実物大の模型を入れて、大きな扇風機で風を送りながら実際に煙を出し、翼の周りの空気の流れなどを解析したことでしょう。でもいまは、風洞実験もほとんどせず、数値計算だけですよね。コンピューターでのシミュレーションでも、空気の流れをかなり正確に予測できるといわれています。

T社　私は信用していません。

保江　僕も信用していません。それをいいたかったのです。

例えば、非圧縮性の一番単純な液体、しかも粘性がある水のような液体の流れの方程式というのは、ナビエ・ストークス方程式（＊流体の運動を記述する2階非線型偏微分方程式であり、流体力学で用いられる方程式。運動量の流れの保存則を表す）で解かないとダメなのです。でも、解けないんですよね、これ。

数値計算でも、なかなか近似が収束しないので解けません。

結局、何をするのかというと、境界要素法や有限要素法で、いちいち微分方程式を解かずに、全体的にエネルギーの散逸が一番小さくなるように辻褄合わせしてから、その流れを可視化するのです。

なんとなく本物っぽくは見えますが、信用できるものではありません。

T社 いまと昔は違うかもしれませんけれども、結局、シミュレーションは短い時間間隔で計算を繰り返すじゃないですか。その計算法は、リニア（線形）の近似なんですよね。でも、元の方程式はリニアじゃないんです。

保江 ノンリニアですよね。

T社 時間間隔を短くしているから、再現性があるといいますが、同じようにならないのです。

そこに、なんらかの工夫をしてみるというのが私の当時のやり方でした。

私は、大学の専攻が船舶工学科でしたから。

保江　特に、流体力学がご専門だったわけですね。

T社　円柱周りの流れの可視化とか、そういうのをやっていたときに、結局、計算機でやる近似法で答えを得るのだということを叩き込まれまして。

H社　モノを作っていないから、近似法でやるのですね。

T社　そうです。同サイズでは、やりません。

H社　サンプルを作っていないのです。本当は、サンプルからデータを取り出して、失敗だったら次は成功させるということのためのシミュレーションなのに。
　勘違いされていることが多いのですが、サンプルのないシミュレーションなんてないはずなのです。

保江　いまは、サンプルなしのシミュレーションだけで、「これで大丈夫！」という気になるのです。

H社　テストした分の母数データがないと、シミュレーションは絵に描いた餅なんですよ、本当に。

T社　ピンポイントで合ったからといって、すぐ次のポイントでさえ、合うかどうかはわかりませんからね。

H社　まったくわからないです。想定から得た近似値にすぎないのですから。

保江　とにかく、コンピューターで解のようなものが一つ出れば、もうそれでいいと。

H社　1回シミュレーションしたら近似で作って、実際にテストを行って、その結果、どのくらいの違いが出たかを見ないと、次の判断には進めないですよね。

T社　一番怖いのは、新しい物を作るときに、前回のシミュレーションで計算した数値をそのまま使う技術者がいることです。細かな条件の違いまで反映させていないことがあります。それで、その製品を売り出した場合、不具合が出てしまうことは、往々にしてありがちなんですね。

H社　3次試作をせずに2次試作でうまく完成するように、十分に事前検討をするためのツールとしてシミュレーションを使うのならまだいいのです。それが、「試作なんてしなくていい」と思っているやつがいるのが、困るんですよね、一番。

T社　もう1回作り直すよりも、早く安くするために計算に頼る、というようなね。そういう考え方に切り替わっているところがあるんです。

H社　工数の削減ですよね。

T社　DX（＊デジタルトランスフォーメーション。デジタル技術を活用して業務プロセスを改善していくこと）の過程で、本来のコアのところは目隠ししちゃうんですよね。「ここは目隠ししちゃいけないでしょう」というところも、パッと隠しちゃう。

保江　いまの若いエンジニアって、サンプル作りの道具でしかない数値計算の可視化を1回だけやってみて、うまくいったらもうこれでＯＫとしているのですね。でも、そんなものはただの手抜きです。

Ｔ社やＨ社の昔のエンジニアは、たまに手抜きすることはあってもそれを凌《しの》ぐほどの直感力があったんですよね。いまはそれがない。

Ｈ社　いま、直感とおっしゃいましたが、実際にそのとおりです。自分で設計して自分で動かしてテストする、テストするたびに、フィードバックして「次、どうしよう」と検討しなくてはいけないのです。

けれども、いまの社会は規制ばかりで、テストができないんですよ。

危ないとか何とかいって。あの社会構造はいったいなんなんだろうと思います。

エンジニアの直感が生み出した奇跡

保江　排気ガスの話はすでにしましたが、昔、僕がスイスにいた頃、Ｈ社がCVCCエンジンというのを作って、排気ガスがクリーンになるから世界の空気がきれいになるとかいっていましたね。

H社　T社も作りましたもんね。

T社　マスキー法（＊１９７０年にアメリカで改正された主に車による大気汚染の抑制を目的とした大気清浄法のこと）には、かなり苦労したようです。

保江　スイスからドイツの学会に行ったとき、フォルクスワーゲンの人たちがいました。日本人がドイツの学会に出るなんて珍しかったのでしょう、その後の食事会で飲んでいたら、僕のところへ寄ってきたんです。

「一つ質問していいか」というから、

「いいけど、自分はただの理論物理学者だから、答えられないこともあるよ。でも、流体力学ぐらいならわかるだろう」と答えました。

彼らの質問は、H社のCVCCエンジンのバルブについてでした。

彼らは、H社の車を買って切断してみたそうです。すると、空気を入れる角度が、彼らがそれまでずっと必死に研究して突き止めた角度に、ドンピシャリと一致したんだそうです。当時、最新だったＩＢＭのメインフレーム・コンピューターで延々と計算して、その頃にやっと見つけた角度だったようです。

それなのに、すでに全世界へ売り出したＨ社のCVCCエンジンを開けてみると、ちゃんとその角度になっている。

それで、欧州のＨ社のスタッフに聞いたんですって。

「いったい、Ｈ社はどうやってこの角度を見つけたんだ？」と。

すると、そのスタッフは、

「そんなのは、ウチのエンジニアが設計しているうちに直感でわかるんですよ」といって、フォルクスワーゲンを驚かせたらしい。

Ｈ社　確かに、適当なんです。たまたま、そうしないと3つ目のバルブが入らなかったんですね。CVCCのバルブがもう1個あるんですが、それが邪魔をしたのであの角度にならざるを得なかったんです。だから、最初は何も考えていませんでした。

CVCCエンジンには、トーチ口と呼ばれる穴があるのです。副燃焼室で火を燃やし、そこから次のメインの芯の中で着火するわけですが、その角度と、どのぐらいの穴ならどのぐらいの勢いになるかといったことを、徹底的に繰り返しテストをやりました。

実は、あれはH社のエンジンだけしか燃えないんです。他のメーカーに技術提供しても、絶対にきれいに燃えないんですよね。しかし、あれは直感から、ピンポイントの答えを出しただけなんですよ。

いま、考えてみると、本田宗一郎が燃焼音を耳で聞いて、セッティングしたんだと思います。

保江　執拗に研究しなければわからないような難しいところを、なぜかH社はスパンとそのベストの角度にしたと。真実はやっぱり直感で、適当なのですね。

H社　適当なんです。

保江　適当を許す寛容な社風もすごいし、適当にやってもドンピシャリと正解を当てるエンジニアもすごいですね。本田宗一郎さんのセッティングだとしたら、さすがと唸るしかない。

右脳モードを使うのが得意なのかもしれないし、宇宙からの情報を受け取っていたのかもしれない。

そのフォルクスワーゲンの人たちは、

「欧州H社の日本人はそう答えたが、本当なのか？」と僕にしつこく聞いてくるのですよ。そんなこと、あり得ないだろうと思っているのが表情で読み取れました。

僕も日本人だし、本田宗一郎さんの数々の伝説も耳にしていたので、

「本当だよ。H社ならば、そのくらいのことは簡単にやってのけるよ」と胸を張って答えておきました。

H社　H社のCVCCエンジンの開発で一番大きかったのは、エンジンコストの上限規定がなかったことです。

T社はコスト規定が厳しいので、他の形状があり得なかったんですよね。

H社は平気だった。だから、あのDOHC（＊Double Over Head Camshaft＝ダブル・オーバー・ヘッド・カムシャフト。シリンダーヘッドの上に、吸気用と排気用にそれぞれ独立した２本のカムシャフトを持つタイプのエンジン）があるんです。

T社　あり得る話ですね。

H社　そうなんです。このバルブ角度を実現したといっても、カムの位置が合わなかった。そのままで行くと火が出なくなってしまう。

「それならば、もう1本アームを付けてみろ」という感じで、コストがどんどん膨れ上がるわけですよね。

T社　設計の声が通る世界なのですね。T社には、こわい生産技術部がいて、「そんなことしたら、もう1本、ラインを増やさないといけないいじゃないか」といってくる。それで設計に戻り、決断がまた先延ばしになるということになりがちです。

H社　工場は、T社さんが一番強いんです。エンジニアは、工場の要求にも答えねばならないというミッションもありますしね。

T社　生産部隊の生産投資があるわけじゃないですか。それはすでにガチッと抑えられているため、新しいラインを増やすのは、ものすごく大変なのです。

保江　そうすると、「こんなエンジンにしたら面白い、みんな喜ぶよ」というような発想があっても、工場から、「そんなものを作るにはこれだけ投資しなきゃいけない。ダメだ」といわれれば、もうできないわけですね。

T社 もちろん、ちゃんとした話し合いもしますが、「これをやったとしてどれだけ利益が上がるんだ」という方向に行きがちですね。

H社 最初にコストが決められているので、エンジンが高くなるとどうするかというと、ボディと電装品のコストを削っていくんです。「リベットの数を減らせ」とか、「ネジの数を減らせ」とか。

トップ企業二社の「強み」とは

T社 よくある話です。いまは良くなりましたが、私の時代は、T社の車って、そういうところが弱かったんです。量産に入ると、車の剛性が落ちるんですよ。

「どうしてこんなこと（剛性が足りない）になっているんだ」と聞くと、「ボディのスポット（＊ボディ補強のための溶接手法）を減らしたから」と。「そんなこと勝手にやっちゃダメだろう」となります。

ですから、あの時代は車を作るというより、ボディ工場はボディを作り、そのボディ工場から出てきたやつをラインで組み立てていたのです。そんな環境では、いい車を作れません。

最後は当然、車両製造工場が責任を取るので、「いまからボディにスポットなんか増やせない。だから足回り部品を修正することでなんとかしろ」とかいうことになってくるんです。

そうなると、シャシー関連の足回り部品の設計変更を余儀なくされます。

H社　スポットを減らすと、ボディが弱まるじゃないですか。ジャッキを上げるでしょう。でも、タイヤが地面から離れていかないんです。

ボディが曲がってしまうのですよね。それで、車が上がっていかないんですよ。

T社　その話は、当時のエンジニア経験からすれば、なんとなくわかります。H社のボディは柔らかいのでしょうね。

H社　柔らかいの。これが逆に、プラスの作用を起こすんです。しなやかさが出てきますから。

T社　うまく走るときはね。

保江　わかる、わかる。

H社　コーナリングの食いつきがよくなるような現象が起きて、結果オーライだったんですね。

保江　昔、H社の初期のオデッセイに乗っていた頃の話です。まだカーナビなんてない時代。兵庫県の山奥を走っていて、もう一つ向こうの谷に行きたいところを、手前の谷を走っていました。

姫路あたりの平地まで戻ってから向かうと、ものすごく時間がかかります。「これは、山越えするしかないな」と思って地図を見ると、林道らしき道があったので、そこへ向かいました。

でも、そこは道というよりも、岩がゴロゴロしているような自然道でした。大雨が降れば、一気に川になるような所です。

前輪駆動のみのオデッセイで、岩の間を縫うようにして走ったのですが、普通なら、シャシーやボディが硬ければ、運転するほうもガタガタ揺れるでしょう。ところが、意外に乗り心地がいいわけです。いま聞いてなるほどと思いましたが、確かにボディが柔らかかった。

おかげさまで、大したトラブルもなく無事に山越えできました。

H社　ラリーをやるときは、すべてのフレームに板を張り付けてスポット溶接でボディを補強しました。そうしないと壊れちゃうから。そういう時代でしたね。

川本社長ってご存じですか。

T社　川本信彦さん（本田技研工業の第４代社長）ですね。

H社　式典のたびにT社の悪口をいう人で、次はT社を潰す、カローラを潰すとか、そういう話ばかりでした。みんなそれをワクワクしながら聞いていてね。強敵がいると、モチベーションが上がるんですよ。

H社とT社はめちゃめちゃ仲が悪いですよね、基本的に。

T社　いまはよくわからないですけれども、業界の集まりがあると、「ふんっ」と顔をそむけるみたいな感じかな（笑）。

保江　H社とT社は仲が悪いんだ（笑）。

H社　H社がオデッセイを出すと、T社もすぐに似たような車を出すとかね。

保江　ありましたね。

H社　2台ぐらいありましたよね。

T社　当時、新しいコンセプトは、一番最初には出さないんです。様子を見るのですね。

H社　でも、T社は販売力が違いますからね。販売店の数が多いですし。

T社　売るための基盤がありますからね。金儲けがうまいんですよ。

H社　鎌倉がある湘南地区のエリアは、T社が2店舗あるにもかかわらず、国内の最多売上台数を実現したのは、1店しかなかったH社の店舗なんですよ。

T社　それは知らなかった。

保江　理由はなんですか?

H社　その店舗の社長がすごかったんですね。オーナー社長で。とにかく、「ウチの車を買ってくれた人は、みんな家族だ」っていって。「家族」は、T社もいっていましたよね。

T社　はい。それはいっていますね。

H社　そのオーナーは、テニススクールとゴルフスクールもやっていたんです。ゴルフスクールには打ちっ放しの練習場もあって、営業マンが夜、そこで待っているんですよ。それで、指導してくれるのです。そんなことをしていたら、売り上げがトップになるはずですよね。

「いかにお客さんの心をつかむか」をテーマに、しょっちゅう講演していました。事故を起こせば、すぐに駆けつけるし。

保江 面倒見がいいのですね。

H社 そう、面倒見がよかったです。

保江 岡山と広島以外はだいたい、T社かH社ですよね。

H社 お祭りでお好み焼きや焼きそばの屋台をやったり。そうしたら、近くのT社の販売店のスタッフが、「臭うからやめてくれ」っていってきたんですよ。

保江 バチバチだったのですね。

Ｔ社　いい時代の出来事です。

いまの車は動物顔ではなく昆虫顔

保江　昔、軽自動車のスバル３６０が欲しかったのですが、当時はまだ大学を出たばかりの頃だから買えなくて。僕のいとこが持っていて、岡山から仙台まで乗ってきたんです。

Ｔ社　すごい長距離ですね。

保江　あの作りって、非常に斬新だったんです。

もともとは中島飛行機という社名で戦闘機を作っていた人たちが手がけたからなのか、風防の技術が優れていたのか、フロントガラスの曲率がすごかったでしょう。フランスのシトロエンみたいな感じに曲がっていて。

以前は、どうしてもあれが欲しくてね、その後も、僕の人生の中で一度は乗ってみたくて、とうとう買ってみました。

H社　２ストローク空冷でしたよね。

保江　そうです。なんと、ヤフオクでスバル３６０を売っていたのです。もちろん動きます。２台一組で販売していて、１台は部品取り用だからボロボロのものでしたが、もう一台は一応は動くものでした。ワニ革みたいな座席とか、程度も割とよくてね。京都にレストアを手がける車屋があって、より安全に乗れるように、そこに頼んでいるところです。

親父は戦時中、首都防空隊にいて「鍾馗《しょうき》」という中島飛行機が製造した二式単座戦闘機に乗っていました。それで、二式単戦のような塗装にしてくれと頼みました。横っ面に日の丸を入れて、あとは銀色です。それに乗って走り回るのを、いま夢見ているところです。

T社　それはすごいですね。

保江　あの時代の車は、みんなよかったよね。

T社　いまは、どの車も同じ顔をしていますよ。

保江　最近、T社のヤリスをレンタカーで借りましてね。世界的なラリーでずっと優勝している車ですから、さぞ運転しやすいんだろうと思っていたら、後ろの座席の窓の形が三角形になっているから見えにくいのです。ドアの鉄の部分も、視界を遮っていました。

H社　プリウスもそうですね。最近の車は、みんな視界が悪いですよ。

T社　スタイル優先で、視界を考えていないな、と思います。

H社　後部座席は本当に見えにくいですよ。いいのは、形だけですよね。

保江　やっぱりデザイン……。デザイナーのほうが強くなっているということですか。

H社　いまガラスを広くすると売れないんですよ。ガラスエリアを広げた車は、H社ではまったく売れてません。

保江　外から見られるのが嫌なのでしょうか？

H社　そうかもしれませんし、ガラスが小さいほうがかっこよく見えるというか……、斬新性がないのではないでしょうか。

保江　ガラスが小さいと、運転席から外を見ることもできないよね。

H社　最近はカメラがついていますから。サイドカメラが付いていて、サイドも映せるので、ガラスはこの大きさでいいんだとなったんです。

保江　でも、それに頼っていたら、いざカメラが付いていない車に乗ると困るでしょう。

T社　個性といえば、最近なら例えば、日産のワンペダルの車とか。

保江　ワンペダルってなんですか？

T社　一つのペダルで加減速するんですよ。アクセルとブレーキが兼用のペダルを作っているんです。

H社　回生ブレーキが強くなっているんです。アクセルを戻すとブレーキがかかる仕組みなので、そのままブレーキがかかっちゃうんです。

保江　それでちゃんと停まるのですか？

H社　停まりますね。けっこう強くブレーキが利きます。テスラもそうです。やはり回生ブレーキがものすごくきついんです。

保江　テスラは、僕の知り合いが買ったので運転させてもらいましたが、気分が悪くなりました。加速か減速の、どちらかしかないでしょう。だから酔ってしまって。

自分で運転していて車酔いするのって初めてでした。

惰性で、加速度を感じないで動くという瞬間がない。加速か減速かのどちらかでしょう。

H社 空走ができないんです。

T社 実は、あんなものが商品化されるってどういうことなのかな、と思っていたんですよ。

保江 その人は、結局テスラを売っちゃいました。助手席に乗った奥さんに、「こんな気持ちの悪い車はやめて」とかいわれて。

ただ、加速はポルシェ以上だったから、それが気に入ってしばらくは乗ったの。

でも、メンテナンスの対応などが日本車の代理店のようなわけにはいかず……、つまりもてなしが悪くて、とうとう堪忍袋の緒が切れて売り払っちゃいました。

でも、将来、そんなのばかりになるのでしょうか。

T社 そんな気もしますね。

保江 おそらく、小さな町工場みたいな車屋さんが代理店になって、親身になって対応してくれるところが人気が出るのかもしれません。

僕の愛車の、40年前のミニクーパーは、家の近所にある、映画『ALWAYS 三丁目の夕日』に出てくる鈴木オートみたいな町の車屋さんで面倒を見てもらっています。

白金という場所柄か、修理中の車はベンツ、BMWなどの外車が当たり前。フェラーリ、ポルシェもあります。

工員さん二人で、高級外車ばかりを修理しているわけです。この車屋さんだと、もう至れり尽くせり。本当に丁寧に修理してくれます。

日本車も扱っていますが、ほとんどが外車で種類もいろいろ。それを二人のエンジニアが全部対応しているから、「すごいな」と思って。

これからは、規模は小さくてもいいからそういう良心的な車屋さんを大事にしたほうがいいですね。少し問題のある車を買っても、そこで絶えずメンテナンスしてもらいながら乗り続ければいいのです。

T社　機械モノはそうなるのでしょうね。

日本の車は柔らかくできている

保江 話は変わりますが、T社でもH社でも、製品になって世の中を走っている車の安全性というのは、ある程度担保されているのでしょうか?

H社 それはされていますね。

保江 衝突実験を繰り返し、どのぐらいの耐久性があるのかを調べますよね。

T社 国交省かどこかが、その成績を公表しています。

保江 そうそう。そういう意味では、担保されているのですね。

H社 日本車は、前方衝突のときの生存率を上げているんですよ。生存率を上げるために、ボディを弱くしているクラッシュゾーンがあるんですよね。

保江　衝撃を吸収するということですか。

H社　日本車は、衝撃吸収機能が付いているのです。韓国企業の車は、前面は強固で潰れませんとか宣伝してますが。

T社　それでは、中にいる人間が潰れてしまいます。その分、人間が強烈なG（重力）を受けますから。

保江　そうでしょうね。

H社　日本車は、柔らかい分、フロントとリアがすぐにバコンと凹みます。ただし、バンと潰れても、意外とメインフレームはやられていないんですよね。
　だから、壊れた前面は、割と簡単に切ってつないで、修理完了です。

保江　要するに、人間が座っている内部は安全なんですね。

H社　そうです。激しい正面衝突以外は、耐えられるように作っていますね。

保江　縄文人の血が流れている日本人が設計しているから、そのへんは安心ですね。

でも、心配なのは、T社とH社を含めて、これからの車はいったいどうなっていくんだろうということです。

ガソリン車はいずれなくなるという人もいますが、あまりそうは思えないんですよね。

T社　世界的には、ＥＶ車が盛んに喧伝されています。

H社　だって、原油からすべての燃料を作っているのですからね。航空機はやはり石油由来の燃料が必要だし、原油生産工程上、ガソリンもできちゃうんです。

保江　漁船だって、重油で走ります。漁船は電気には向かないでしょう。沖での操業中にバッテリーがなくなったら、どうしようもありませんから。自家発電機で補えるレベルの量ではとても足りない。

H社　私が滞在しているタイでは、観光船は全部電気化していますけれども。バスもどんどん電気型に置き換えています。

でも、燃料で走るバスを減らしたくらいでは、タイの空気はきれいになりませんがね。

宇宙人のテクノロジーを未来の車に生かす

保江　それよりも、T社とH社のエンジン車を走らせたほうが、よっぽどきれいになるわけですね。

そして、UFO・宇宙人のテクノロジーをリバースエンジニアリングで再現し、将来の車やモビリティに生かせば、反重力で動く空飛ぶ乗り物が誕生する。

そっちのほうが想像しやすいですよ。これからの車のビジョンを描くと。

地球人のいまの科学技術ではまだ遠い道のりで、当分は地面を走るしかないのでしょうが、将来はこんな方向に向かってほしいというイメージは、お二人は抱いておられますか？

宇宙人の技術を譲ってもらえるのなら、自動車はこんなふうに進化するんじゃないかという。

T社　話題としては面白いのですが、具体的にどうなんでしょう。いまおっしゃったポイントは、「タイヤで走る」条件は当面変えられないという意味でしょうか？

保江　そうそう。飛ばさなくていい。ＵＦＯのように飛翔するイメージはいったん脇に置いておきます。地球の車はまだ、地面にへばりついていてもいいとします。
ただ、ＵＦＯ・宇宙人のテクノロジーが把握できたとすれば、その技術のどんな部分を生かせば、もっと素晴らしい車ができるのか、みたいなことです。

T社　昔、それに似たような議論で、「別に浮かなくてもいい。軽くなるだけでも」という話が出たことがあります。逆に、「欲しいときにGを増やすことができないか」とかも。

保江　Ｆ１のレーシングカーのようにですね。

T社　例えばの話ですが、そういう機能があれば安定走行につながるとか、そんな会話はしたことがあります。

空を飛ぶという観点からすれば中途半端かもしれないけれども、それだって活用の用途は充分にあると思います。

保江　そうですよね。重量が軽くなればタイヤの摩耗も少なくなるし、ブレーキもよりよく機能する。あるいは、急制動をかけるときには、重さを増せばその分、停止しやすくなる。

T社　モビリティの重力制御ができるのであれば、反対側にアクセラレーションを出せばいいわけです。

保江　そのとおりです。

T社　だから、その技術を追求したからといって、空を飛ぶものである必要は確かにないと思います。

保江　坂道を上るときには軽くし、下るときには重くして、惰性でもスピードが出るようにしたらいいということですね。

重力制御ができれば、そういう方向への活用もありますね。

宇宙人はテレパシーで、「これからお前の近くに飛んでいくぞ」と伝えてくることがあるそうです。岡山のＵＦＯコンタクティの人からは、事前に連絡があると聞いたことがあります。有名な人も本に書いていますね。連絡があった後、実際にそこへ行ってみると確かに宇宙人がいたという話でした。

法務大臣や環境大臣まで務めた江田五月さんだって、ＵＦＯコンタクティの一人ですよ。高校生時代にＵＦＯを目撃しているのですから。

あの方は、僕が通った岡山の高校の先輩でもあるのです。

その高校には面白い数学の先生がいて、当時の教え子だった江田さんとその同級生に、「お前らは、ＵＦＯを信じるか？」と突然聞いてきたそうです。

二人とも、「信じます」と答えたら、

「今晩、遅くなってから○○公園に来い。ＵＦＯを見せてやる」といわれ、夜中に行ってみると、その先生が待っていました。

しばらくすると、公園の上空に空飛ぶ円盤が本当にやってきて、江田少年の目の前で先生がそのＵＦＯに吸い上げられたというのです。

そんな思い出話を何人かの周りの人に話していたらしいのですが、「自分が死ぬまでは、このネタは絶対に公表するな」とおっしゃっていたそうです。

２０２１年にご逝去されたのですが、その後、江田少年のＵＦＯ体験談は、あちらこちらで話されているようなのですね。

その公園は、ＵＦＯがたびたび目撃されることで有名です。

他にも、ある高校の地学の先生は、まずテレパシーで事前に連絡が来るといっていました。「今晩、◯◯に来い」などと。

先ほどの数学の先生も、おそらくテレパシーで連絡されたから、江田さんを誘ったのだろうと思います。

赤松瞳さんが教えてくれたのですが、ＵＦＯには操縦装置があるわけではなく、パイロット役の人間と宇宙人とＵＦＯの何かしらが、まるでエヴァンゲリオンのようにシンクロして飛んでいくというのです。

そのあたりの技術も、リバースエンジニアリングで将来の車に生かしてもらいたいものです。

僕のCLSのように、運転者とつながり、手足の延長になってくれるような車を作っていただきたいですね。

T社 そうですね。ただ、これから向かおうとしているのは、私の視点だと、「車の地下鉄化」かなと思うのです。

保江 いま向かおうとしているのは、そうなるのですね。

T社 電車はとにかく、レールの上を自動的に進むだけですから。車の自動運転と電車の自動運転はさほど変わらないといいますね。

保江 自動運転は、勝手に動いてくれる車にちょっと乗せてもらうというだけで、こっちの意思はほぼ入らないでしょう？

T社 目的地をセットすれば勝手に行ってくれますからね。

保江　ドライバーが、「こっちの方角のほうが面白そうだ」と思えば、車がすぐに反応してその方向に向かうとか、ダイレクトにシンクロしてくれると面白いです。

自分の手足の延長、身体の一部に感じられるような車。そんな車なら、ぜひ運転してみたい、とみんなが思うような。

T社　そんな時代が来ますかね……。最近の若者は、一日中スマホを見ているような人種でしょ。

保江　そうですね……、なんだか夢がない。

T社　最近は、タイパ（＊タイムパフォーマンス、時間対効果）という言葉もあるじゃないですか。自分の時間を使わずに、他のものが勝手にやってくれるのが嬉しいみたいな。

保江　そうそう。自動運転車に乗れば、電車に乗っているときのように、スマホをいじる時間が増えるから、彼らはそのほうが楽しいのかもしれない。

……ただ、そんな人間ばかりでは、世界はもう終わりです。

T社　もうちょっと考えないとね、と思います。人間とは何なのかというところを、もう少し真剣に考えてもらわないと。

保江　「人間は考える葦」（＊フランスの思想家、パスカルの言葉）でないといけないのに、みんな、考えることを放棄しているでしょう。せめて車に乗るときぐらい、車線変更やスピードについてなど考えつつ、運転に集中するという感覚を楽しんでほしい。

T社　なるほど。

保江　他のメーカーはともかく、T社の車とH社の車だけは、スマホ中毒者では乗りこなせませんという気概がほしい。結局、人間を変えなきゃいけないのですけれども。

T社　一番の問題は、やっぱり教育ですよね。

日本の道路事情は最低レベル

H社　まずは、政治から変えなきゃダメですよ。日本のいまの道路を見れば、政治のレベルがわかります。アジアの中でも最低です。

保江　他のアジア諸国よりも状態が悪いのですね？

H社　道路構造は最低ですよ、本当に。ほとんどの道路の狭さは、どうにもならないでしょう。タイの田舎町だって、3車線、4車線あるのは当たり前です。

保江　へえ、そうなのですか。

H社　はい、向こうのほうが断然広いんです。インドネシアとかフィリピンも、通りは広々しています。

保江　どうしてこんなことになっちゃったんでしょう。

H社　地価が高いから、道路にするだけの土地を国が買い取れないのでしょうね。

保江　地価が高い。あとは、道路建設を担う企業は、上前をはねて政治家に献金するような会社が多いですしね。

H社　戦後、GHQが「日本の道路をなんとかしろ」といったわけです。でも、一部の道路が広くなっただけで、それ以上は要求に応えられなかった。地権者との折り合いが付かなかったからです。東京でも、皇居の周りだけでしょ、広いのは。

あとは、名古屋にも広い道路が一部にあることで有名ですね。でも、ある地点でいきなり切れています。

T社　そうそう。

H社　一応、努力はしたけれども、途中で挫折しているような。

ある程度の広さがないと、自動運転車を走らせることも難しいですよ。

保江　無理ですね。

H社　自転車だってキックボードだって、タイでは歩道を走ります。ところが日本では、車と同じ道路を走らせていますよね。どう考えても、あんなものが道路を走ったら危ないじゃないですか。

だからタイでは、歩道を走ってくれといっているんです。でこぼこですが、歩道が広いんですね。そこをガタガタいいながら走っています。

保江　電動キックボードが最近、レンタルでいくらでも借りられるでしょう。走っているのをよく見かけるけれど、危ないよね。

H社　あれは、特定小型原動機付自転車なのでしたっけ。

プレートも、バックミラーも要ります。ヘルメットは努力義務でしたよね、確か。

保江　でも、みんなかぶっていないですよ。

H社　車の間からいきなりひょこっと出てきたり、危なくてしようがないですよね。

T社　たまに、スマホを見ながら走ってるバカがいる。「こいつ、大丈夫か！」って思いますが。

保江　ＵＦＯ・宇宙人以前の問題ですね。

いっそのこと、江戸時代みたいに鎖国して、愛知県の明治村ならぬ昭和村でも創ったらいいかもしれない。そして、1世紀前の地球文化を見本市のように皆さんにお見せするのです。『三丁目の夕日』のような昔の生活は、いまの若者にも受けそうです。

アナスタシアのような、電気もガスもない暮らしも知ってほしい。

将来、宇宙人が地球に来たとき、他の国は長足の進歩を遂げ、宇宙人とは相容れないような生活になっているかもしれない。その中で、日本だけが昔ながらの文化も維持しているので、宇宙人も何か関わりたくなる。この令和の時代にも、なぜか若者たちに昭和のスタイルが人気がありますしね。名づけて、「日本昭和村構想」です。

H社　池袋のサンシャイン・シティに、ナンジャタウンという、昭和30年代の街並みを再現したテーマパークがありますよね。昔の投函口が一つの丸っぽい赤ポストや駄菓子屋なんかもあって。

昭和生まれの私が住んでいた横浜の一角が思い出されて、懐かしさが込みあげてきました。こんな時代があったんだなあと。タイには、いまもそういう雰囲気があります。

保江　別に、日本国内だけにこだわらなくてもいいのです。外国でも、広い土地を安く手に入れて、そこに昭和日本を疎開させるわけです。

「昭和時代の日本で暮らしてみたい方は、こちらへお越しください」と。

いまのインバウンドは特に中国人が多いですし、土地もまだ安い所がありそうですから、候補地としてはいいかもしれません。

中国が崩壊する!? アメリカが恐る未来

保江　中国といえば、ＵＦＯに乗せられて宇宙人の教育を学んでいるという別府さんがこんな話をしてくれました。

前述の高知の元お役人の方ですが、ずっとＵＦＯ・宇宙人とのコンタクトを続けているらしく、ＵＦＯなどのすごい写真や動画も見せてくれるそうです。

真面目で表には出たくないタイプの人らしいのですが、宇宙人に教わったのか、未来が見えるようになったようで、いろいろな予言をするのです。

その予言の一つが、２０２６年に中国はなくなるという話。中国共産党の支配下にある中華人民共和国は崩壊して、いくつかの小さな国だか州の寄せ集めになるとか。

Ｈ社　ああ、それを必死に阻止している国を知っています。アメリカですよ。

アメリカが、中国崩壊を阻止しているんです。

保江　本当ですか。

Ｈ社　そうですよ。中華人民共和国が崩壊してバラけてしまうと、逆に日本や韓国と協定を結ぶなどして、ひとまとまりのようになる懸念があります。

アメリカは、日本と中国、韓国がまとまってほしくない。そうなってしまったら、世界の頭が決まってしまいますからね。特に中国とは、一緒になってほしくないんですよ。

ＧＤＰでは現在、中国は世界2位。近い将来には、アメリカを軽く追い越すでしょう。働き方が違いますからね。

保江　そうですね。

H社　欧米の仕事のやり方というのは、とにかく楽して、バケーションも長くとってという感じです。

ちゃんと仕事をしていたら、長期休暇なんて無理だろうという気がしますが、それがまさにアジア人の働くことに対しての考え方ですよ。

保江　その元お役人が、２０２６年に中国が消えるとはっきりといっていたので僕もびっくりしていたのです。

H社　東と西の文明の戦いになるかもしれないですね、本当に。

世界平和をもたらす「不食の技術」

保江　彼はＵＦＯにさらわれたときに、身体に何かを埋め込まれたようです。ＵＦＯを呼ぶことができるのは、そのためかもしれません。

その上、驚いたことに、この方は眠らないし、食べないのです。

僕は食べない人には会ったことがありますが、眠らない人というのは初めてでした。

この元お役人の話や、Ｈ社さんの発言でもわかるように、どこかの星の地球外知性体が調査のために送り込んだドロイドが、人間をサンプルとしてつまみ上げて調べていると考えられます。

そして、皆さんに強調しておきたいのは、「不眠の技術」と「不食の技術」が実際に存在するということです。

いま地球上で発生している問題の大半が、食糧やエネルギーの奪い合いです。

もし、人類が「不食の技術」を身に付けられれば、食糧問題は解決するでしょう。

リバースエンジニアリングの観点からすれば、地球の平和を維持する最良の方法となると思います。

リバースエンジニアリングの対象は、乗り物の製造法に限らずいろいろあるという捉え方は、面白いですよね。

H社　何人かいますね、寝ない人は。アメリカにも、日本にもいるようです。戦争体験者で、ずっと眠れない人もいるといわれています。

リバースエンジニアリングで本当にそういうことができるなら、「絶対に眠くならない車」とか欲しいですね。車内では眠気はまったく起こらないけれど、車から降りた途端にポヨンと眠くなるという。

T社　それはいいですね。

保江　特に、日常的に長距離運転することが多い大型トラックの運転手さんにとって、食べなくていい、眠らなくていいのは朗報になるでしょう。

その元お役人は本当に不思議で、僕と話していた間はドリンクも飲まないし、トイレに立つこともありませんでした。普通、「ちょっとスミマセン」って中座するでしょう。

「普段からトイレには行かないんですか?」と聞くと、
「だって私、食べていないし飲んでもいませんから排泄の必要がありません。トイレに行く時間を勉強に回せるから助かります」と。

他にも、「不食」の方とお会いしたことがありますが、彼の皮膚はカサカサでした。いくら不食で生きられるといわれても、皮膚がこんなになるのなら、僕はやりたくないと思っていました。

H社 水分が全然足りていないからですね。

保江 でも、その高知の元お役人は色白で艶があり、しかも僕より年上です。なのに肌がテカテカしているんです。僕より皮膚は生き生きとしていました。

H社 それは不思議ですね。

保江 不思議なのですよ。「やっぱり、この人は宇宙人に何かされたんだ」としか思えませんでした。

H社　アンドロイド化されているかもしれないですね。

保江　彼は、こんなこともいっていました。

家に現れるのは巨大な円盤だけでなく、小さいUFOが来ることもある。その小さいやつが部屋にポッと現れると、キーンとけっこう大きな音がするそうです。

ところが、その音は家の中でしか聞こえないんですって。知り合いが外を通りかかっても、音がまったく聞こえないだけでなく、電気を付けていたのに、「部屋の中が真っ暗だった」といわれるそうです。

それで考えたのですが、広島の超能力者、響さんがやるように、UFOが現れるときはその空間だけが切り取られるのではないかと。そうすれば外から見てもわからないし、何も起きていないように見えますよね。

さらに彼がいうには、UFOは3人乗ればいっぱいになりそうなくらい小さく見えるのに、実際に乗り込んでみるとむちゃくちゃ広いのだそうです。7人乗りのSUVよりもずっと広くて、宇宙人が何人もいるそうです。

外から見た感覚と実際に乗ったときの感覚に大きなズレがあるらしい。スケールが著しく食い違っているのです。

しかも、音や光が外には絶対に漏れない。そういう技術が宇宙人にはあるようですね。

H社　中に入ると、人が小さくなるんですよ。

時空をコントロールすることで、大きさが変化するようになっているのかもしれません。

保江　外に音も光も漏れないのは、響さんみたいに、空間にシールドをかけて操っているのか。

響さんも、ＵＦＯに乗って月の裏に行ったことのあるおじいちゃんに育てられたそうですから。

ロシアのＵＦＯなどの研究所では、「目の見えない人の視力を補うために、透視能力を開発させればいい」と、宇宙人から教わって試験研究などをしているそうですが、これと同じように、車の運転中に、「こっちに行くと事故に遭う」と予感できるような車ができればいいですね。事故を未然に防ぐ車です。

渋滞情報を知らせてくれるカーナビは、すでにありますが、「あの道に入るとろくなことが起こらない」と教えてくれるような機能があればありがたいでしょう。

T社　夢の車ですね。

保江　そう、夢ではありますが、それが実現するのは遠くない未来なのかもしれません。日本の自動車メーカーにも、縄文のＤＮＡを受け継いだ人たちが大勢いるはずです。今後、夢やロマンを持った研究、開発に努めていただきたいですね。

今回の鼎談では、Ｔ社、Ｈ社の舞台裏や、開発秘話などをうかがえて、とても勉強になりました。ありがとうございました。

Ｈ社　こちらこそ、分野は同じといえども他流試合のように楽しめました。ありがとうございました。

Ｔ社　充実した時間でした。ありがとうございました。

あとがき

H社UFO特命係長

本書は、まずは保江邦夫様からの鼎談のオファーをいただいたことからスタートしました。

そのインタビューにおいて、現在の車企業の問題点にも触れました。

1995年頃の日本企業が勢いがある時代から、バブル崩壊後に日本人のチャレンジする精神が失われ、30年間の日本経済の空白を作ってしまいました。

本書が、夢ある日本社会に向け、少しでも参考になればと思います。


ここで、前職社内の重力推進プロジェクトにおいて情報提供とご協力をいただいた南善成様、武捨貴昭様、及びプロジェクトメンバーに、心からの感謝の意を表します。

皆様のご支援によって、重力推進の可能性と課題などをまとめることができました。

また、明窓出版の編集者の皆様のご尽力により、本が無事に完成しましたことに心よりお礼申し上げます。


最後に、関係者の皆様に心からの感謝を申し上げます。皆様のご協力と関心が、私の興味を科学的な解釈へと押し上げ、今後の取り組みの元となりました。
この本が、皆様の知識や興味を深める一助となれば幸いです。

あとがき

T社UFO特命係長

「一体、誰から僕のことを聞いたのか」と開口一番、迫られた。それが、保江邦夫先生との出会いだった。

保江先生は今や、UFO界だけでなく、スピリチュアル界の第一人者としてご活躍されているが、当時はそうではなかった。実名での投稿を控え、ペンネームでUFO記事を書かれていた。身元がバレたら、物理学会では相手にされなくなる。だから、身元が分かることには非常に気を使われていた。

私は、東京にあったフリーエネルギーを中心とした同好の士の集まりに参加し、T社でのUFO調査チームのヘッドを務めて頂けそうな、UFO好きの大学の先生を探していたところ、ある人物から紹介を頂いた。それ以来、長らくお世話になっている。

H社のUFO調査も、このネットワークで知っていたが、もう一歩で成果が出せそうだったことは、知らなかった。横槍が入らなければ、世界初の技術に繋がったかもしれない。実に残念なことだ。

今回の鼎談のお話は、正直、あまり乗り気ではなかった。いろいろと動いたものの、結果を出せたわけではない。つまり、話す内容がない。また、ずいぶんと昔の話でもあり、今更感も強かった。

しかし、大恩ある先生からのお話を無下にするほどでもなく参加させて頂いたが、H社のUFO特命係長にお会いすることもでき、不思議なことにカオス的に話題も広がり、いい勉強をさせて頂いた。

一方、ご紹介したとおり米国では連邦議会を中心として、UFO情報を解明していこうとする活動が起こり、これには大学の教授クラスの先生方が、専門家として加わっている。この米国の活動が、今や世界へ波及し社会的に関心が高まっているが、日本はガラパゴスになってしまった。

保江先生の目論見、市井の人々にUFO・宇宙人に関心を抱いてもらうにはどうすればいいか、という点では、正にこのような世界の動きを知って頂き、そこから日本の新たなチャレンジが生まれることを期待したい。

さて、鼎談でも少し触れたが、UFO調査をキッカケとした、異星人探求の現在の状況を紹介しておきたい。最初は、円盤技術が書いてあるかもしれないという期待で、異星人コンタクティ本を読み始めたが、そこに書かれている異星人の高い視座からの思考や意識に触れ、これこそ人類が知るべきことだとの思いで、それ以降、人生のライフワークとして取り組み始めている。

これまで得たポイントは、この宇宙を創造した源創造主の存在を確信し、宇宙にあるすべてのものに、この源創造主のエネルギーの存在を感じることだ。様々な異星人が存在するが、この2つが彼ら共通の基本思考だ。

これら異星人に近づくため、まずは天を仰ぎ宇宙の壮大さに思いを馳せてみて頂きたい。今や人類は、見えないものを信じない、感じない、そのような動物に成り下がってしまったが、見えないものを信じ、感じることが、非常に重要なのだ。

そして異星人の中には、源創造主が生み出した自然界をよく観察すれば、フリーエネルギーや浮遊技術は得ることができる、とアドバイスする種族もいる。それには、ゼロから宇宙の摂理、理《ことわり》を研究することが重要だ。

このためには、現在の学問を超える必要があり、いったんはこれらを横に置くことも重要だろう。もしかしたら、学問バイアスとなり、真実が見えていないのかもしれないからだ。

さらに精神面では、我よりも他者を気遣う、利他の心を持ち合わせているのも、ほぼ共通だ。人類も他者を気遣う活動をしているが、これが根底にはなっていない。極端にいえば、全てが利他の活動になるのが、異星人の世界だ。

しかし、利他の心と進化レベルとは別物だ。利他的な視点で、異星人に地球救済を求めても、世界平和は訪れない。世界平和は人類の進化上、自ら達成していくべき課題だから、異星人からの助けは期待できない。加えて、人類にはない驚くべき強い感情制御を獲得していることを記しておきたい。

そして、これら異星人の特性に近づくよう、少しでもキャッチアップ（進化）していかないと、人類は何度目かの滅亡に遭うということを、肝に銘じなければならない。

異星人の探求では、このような内容を網羅的に整理し、人類進化の一助としてまとめてみたいと思っている。いずれ、ご紹介の機会もあるかもしれない。

最後に、保江先生は元よりお相手頂いたH社のUFO特命係長にも心より御礼申し上げたい。また、T社の懐の深さのお陰で、このような活動ができた。

当時、私の提案を理解頂いた上司・役員の方々には、十分なお応えができなかったが、この場を借りて感謝を伝えたい。そして、明窓出版の麻生社長にも御礼申し上げたい。いろいろとお気遣いを頂いた。

さらに、最後まで目を通して頂いた、読者の皆様にも深く感謝を申し上げたい。

願わくば、この勢いでこの世界に飛び込んで頂ければ幸いである。人類進化のために、共に進もうではありませんか。

UFO《ユーフォー》特命係長《とくめいかかりちょう》が明《あ》かす
T社《ティーしゃ》・H社《エッチしゃ》の空飛《そらと》ぶクルマ開発秘話《かいはつひわ》

保江邦夫《やすえくにお》　T社UFO特命係長《ティーしゃユーフォーとくめいかかりちょう》　H社UFO特命係長《エッチしゃユーフォーとくめいかかりちょう》

明窓出版

令和六年 十二月十五日　初刷発行

発行者――麻生 真澄
発行所――明窓出版株式会社
編集協力――大森 悟

〒一六四―〇〇一二
東京都中野区本町六―二七―一三

印刷所――中央精版印刷株式会社

落丁・乱丁はお取り替えいたします。
定価はカバーに表示してあります。

ISBN978-4-89634-485-1

保江邦夫 (Kunio Yasue)

岡山県生まれ。理学博士。専門は理論物理学・量子力学・脳科学。ノートルダム清心女子大学名誉教授。湯川秀樹博士による素領域理論の継承者であり、量子脳理論の治部・保江アプローチ（英：Quantum Brain Dynamics）の開拓者。少林寺拳法武道専門学校元講師。冠光寺眞法・冠光寺流柔術創師・主宰。大東流合気武術宗範佐川幸義先生直門。特徴的な文体を持ち、100 冊以上の著書を上梓。

著書に『祈りが護る國　日の本の防人がアラヒトガミを助く』『祈りが護る國　アラヒトガミの願いはひとつ』、『祈りが護る國　アラヒトガミの霊力をふたたび』、『人生がまるっと上手くいく英雄の法則』、『浅川嘉富・保江邦夫 令和弐年天命会談 金龍様最後の御神託と宇宙艦隊司令官アシュターの緊急指令』（浅川嘉富氏との共著）、『薬もサプリも、もう要らない！ 最強免疫力の愛情ホルモン「オキシトシン」は自分で増やせる !!』（高橋 徳氏との共著）、『胎内記憶と量子脳理論でわかった！「光のベール」をまとった天才児をつくる たった一つの美習慣』（池川 明氏との共著）、『完訳 カタカムナ』（天野成美著・保江邦夫監修）、『マジカルヒプノティスト スプーンはなぜ曲がるのか？』（Birdie 氏との共著）、『宇宙を味方につける こころの神秘と量子のちから』（はせくらみゆき氏との共著）、『ここまでわかった催眠の世界』（萩原優氏との共著）、『神さまにゾッコン愛される　夢中人の教え』（山崎拓巳氏との共著）、『歓びの今を生きる 医学、物理学、霊学から観た 魂の来しかた行くすえ』（矢作直樹氏、はせくらみゆき氏との共著）、『人間と「空間」をつなぐ透明ないのち 人生を自在にあやつれる唯心論物理学入門』、『こんなにもあった！　医師が本音で探したがん治療　末期がんから生還した物理学者に聞くサバイバルの秘訣』（小林正学氏との共著）、『令和のエイリアン　公共電波に載せられない UFO・宇宙人ディスクロージャー』（高野誠鮮氏との共著）、『業捨は

空海の癒やし　法力による奇跡の治癒』（神原徹成氏との共著）、『極上の人生を生き抜くには』（矢追純一氏との共著）、『愛と歓喜の数式 「量子モナド理論」は完全調和への道』（はせくらみゆき氏との共著）、『シリウス宇宙連合アシュター司令官 vs. 保江邦夫緊急指令対談』（江國まゆ氏との共著）、『時空を操るマジシャンたち　超能力と魔術の世界はひとつなのか　理論物理学者保江邦夫博士の検証』（響仁氏、Birdie 氏との共著）、『愛が寄り添う宇宙の統合理論 これからの人生が輝く！　９つの囚われからの解放』（川崎愛氏との共著）、『シュレーディンガーの猫を正しく知れば　この宇宙はきみのもの　上下』（さとうみつろう氏との共著）、『Let it be. シスターの愛言葉』、『守護霊団が導く日本の夜明け　予言者が伝えるこの銀河を動かすもの』（麻布の茶坊主氏との共著）、『まんが「サイレントクイーン」で学ぶユリバース　博士の異常な妄想世界』（原作 保江邦夫／作画 S.）、『縄結いは覚醒の秘技』（神尾郁恵氏との共著）『しあわせの言霊　日本語がつむぐ宇宙の大調和』（矢作直樹氏、はせくらみゆき氏との共著）（すべて明窓出版）など、多数がある。

T社 UFO 特命係長　（西乃《にしの》 慧《けい》〈ビジネスネーム〉）

大学から企業人の人生で、陸は自動車、海は船舶、空は小型飛行機などの設計・企画に携わり、陸・海・空を制覇した稀有な経験の持ち主。そして企業人を終え、小学校からの夢でもある空飛ぶ円盤の世界を追うべく、現在はＵＡＰ／ＵＦＯや異星人・宇宙をテーマとしている。

スキモノＮＰＯの頼まれ代表理事を務め、ＵＡＰ／ＵＦＯブログ作成に精を出し、また宇宙進出を掲げる某財団の理事もさせて頂いている。最近、もう一つのペンネームＫａｙｅ（ケイ）で、シン・ＵＦＯ時代（キンドルＰＯＤ）の出版を果たした。

H社 UFO 特命係長（長尾《ながお》 朗《あきら》）

前職は、本田技術研究所においてエンジン制御、自動運転、衛星測位等の研究開発を行っていた。

現在はタイを拠点にした株式会社アジア・テクノロジー・インダストリー（ATI）の代表取締役。

左　H社ＵＦＯ特命係長　中　保江邦夫氏　右　T社ＵＦＯ特命係長

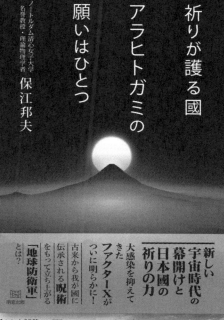